Timothée
PACAP

22, rue Huyghens, 75014 Paris
www.albin-michel.fr

Loi n° 49-956 du 16 juillet 1949
sur les publications destinées à la jeunesse,
modifiée par la loi n°2011-525 du 17 mai 2011.

Jennifer Richard

Dessins de Rony Hotin

Timothée PACAP

Le Concours d'éloquence

Albin Michel Jeunesse

À Kerlens,

L'éditrice

À Kim, Eliott et Olivia,
les trois oursons à qui j'ai fortement pensé
au cours de cette belle aventure.

Rony

1
LA RÉCITATION

Timothée, dans son lit, a les yeux grands ouverts. Il répète, encore et encore, le texte qu'il a décidé de réciter devant sa classe, le lendemain. Ce n'est pas n'importe quel texte. Il a choisi un passage de *Cyrano de Bergerac*. Il aime cette histoire parce que le personnage n'a peur de rien. Il la connaît par cœur. Du début à la fin. Depuis « *Holà ! vos quinze sols !* » jusqu'à « *Mon panache* ». La tirade du nez ? Pff. Il peut la jouer sur tous les tons.

Seulement... il ne l'a jamais récitée devant personne. Tout seul au fond de son lit, c'est facile. Mais demain, devant toute la classe? Il range le texte dans un coin de sa tête et se concentre sur l'épreuve qui l'attend. La maîtresse va appeler son nom. Il va se lever de son pupitre avec la sensation qu'il pèse deux cents kilos. Ses camarades vont se retourner vers lui. Ils vont le défier du regard, c'est sûr. Ils savent qu'il n'est pas à l'aise à l'oral, qu'il va bégayer, bafouiller, rougir, et finalement se taire, cloué sur place. Ils s'attendent à cela. Timothée meurt de trouille chaque fois qu'il doit s'exprimer en public. Lui aussi s'attend à cet échec. Il ne réussit jamais à aller au bout d'un poème. Il n'est pas comme Cyrano. Il n'a pas son grand nez ridicule, mais il a tout de même toujours l'impression qu'on ne voit que lui, dans une pièce. Et il se trouve qu'il a peur du regard des autres. Pire, il en a horreur ! C'est un genre de phobie. Certains ont peur des araignées, d'autres ont peur des monstres qui grignotent les orteils, la nuit. Lui a peur du regard des autres.

Il répète encore la tirade, dans sa tête, et se convainc qu'il pourrait livrer une prestation extraordinaire, s'il ne perdait pas ses moyens. Il pourrait impressionner ses camarades en se montrant sous un autre jour. Et la maîtresse, aussi. Elle est chouette et jolie, la maîtresse. Dans ses cheveux vivent des fleurs qui expriment ses émotions. Timothée ne sait pas si les autres élèves les voient de la même façon que lui, mais il comprend leur langage, comme il comprend le langage de toutes les fleurs.

Timothée a peur d'avoir peur, et cette idée l'empêche de dormir. Il est un peu « phobiphobe », dans le fond. Comme c'est bête. « *C'est un roc!... c'est un pic!... c'est un cap!*» se répète-t-il avant que son imagination l'entraîne de nouveau vers le moment terrible où il va devoir se lever et aller au tableau.

Les heures passent. « *Que dis-je, c'est un cap?... C'est une péninsule!* ». Timothée s'endort, la fameuse tirade suspendue entre ses rêves.

Le lendemain, à sept heures, devant son bol de céréales, il sent le stress monter.

« Tu n'as pas l'air dans ton assiette, Timoun », lui dit son père en tartinant sa dix-septième biscotte et en essayant de ne pas la casser, celle-là.

M. Pacap adore les biscottes. Au petit déjeuner, il en avale une quantité phénoménale. Il ne s'arrête que lorsqu'il parvient à en tartiner une sans la casser. Généralement, il lui faut quelques dizaines de tentatives avant d'y arriver. Timothée a bien compris que son père faisait exprès de les casser pour en manger plus.

« Tu es malade ?

– Ou-oui, jjje crois que j'ai un peu de fffièvre, répond Timothée d'une voix faible, en exagérant l'abattement de ses épaules. Et puis jjj'ai mal au vvventre. »

M. Pacap le regarde en fronçant les sourcils, et, comme si la biscotte profitait de cet instant d'inattention, elle se casse entre ses doigts. Il ne s'en soucie guère. Il est concentré sur son fils et réprime un sourire. Il est habitué à son petit manège.

« Ce n'est pas plutôt à cause de ta récitation ? C'est aujourd'hui, n'est-ce pas ?

– Ah oui, c'est vvvrai... », feint Timothée en touillant dans son bol de lait d'un air nonchalant.

M. Pacap se ressert une tasse de café et s'assoit. Puis il beurre sa dix-huitième biscotte, l'air grave.

« Qu'as-tu choisi ? *Le Dragon à cinq pattes* ? *Petit Brin de muguet* ? *Joli Lapin* ? Ah, zut… encore une de cassée ! »

Parfois, Timothée a l'impression que son père le prend pour un imbécile. Ou pour un bébé. Alors qu'il est en CM2 ! *Le Dragon à cinq pattes*, vraiment ? Il a appris cette niaiserie quand il avait quatre ans. En même temps, c'est en partie sa faute à lui, si son père croit qu'il en est encore au *Dragon à cinq pattes*. C'est lui qui lui fait croire qu'il ne lit rien d'autre que ce qui est conseillé aux enfants de son âge. Il lit les livres des grands en cachette. Mais c'est fatigant, de rester dans le rôle d'un petit. C'est étouffant.

« Non, j'ai choisi un nnnextrait de *Cccyrano de Bbbergerac*.

– *Cyrano* ? s'exclame M. Pacap, affolé. Mais enfin, c'est trop difficile, Timothée ! Et puis, depuis quand connais-tu *Cyrano*, toi ?

–Depppuis un nnnan.

–Tu es sûr de toi?

–Euh… nnnon.

–Bon. Après tout, plus on est talentueux, moins on est sûr de soi, n'est-ce pas?»

Comme tous les matins, Timothée se lève pour faire la vaisselle pendant que son père balaie les monticules de miettes de biscotte qui jonchent le sol. Puis, lentement, il va charger son gros sac sur son dos. Qu'il est lourd… Il y a tout le poids de son angoisse, dedans. Il n'a pas du tout envie d'aller réciter *Cyrano*. Il préférerait faire la vaisselle pendant trois jours d'affilée.

Penché à la fenêtre avec sa tasse de café dans une main et le paquet de biscottes dans l'autre, M. Pacap observe la démarche mollassonne de son fils, sur le trottoir. Il se dit que dans quelques minutes, quand il arrivera à l'école, au coin de la rue, un drame se jouera. Timothée marche à tout petits pas. Il rase les murs. Puis il s'arrête. Les pouces coincés dans les bretelles de son sac à dos, il lève la tête vers la fenêtre de chez lui. Son père recule vivement. Il ne veut pas que Timothée le voie en train de l'observer. Surtout, il ne veut pas que Timothée le voie grignoter sa vingtième biscotte alors qu'il a déjà balayé la cuisine. Timothée reprend sa route. Il est presque arrivé.

Pourquoi cette timidité? se demande son père en chassant les miettes sur son pull et en se collant de nouveau à la fenêtre. Timothée est un garçon formidable. C'est ce que pensent tous les pères, bien sûr. Mais là, c'est vrai, se dit M. Pacap. Il n'y a aucune raison que Timothée soit si complexé. Il a de grands yeux noirs en amande, une touffe de cheveux impressionnante qui rappelle la crinière d'un colley, et une peau couleur café au lait. En petit comité, il se montre plein d'esprit et d'humour. Non, vraiment, il n'a aucune raison de complexer. À part le fait qu'il bégaie. Et le fait – est-ce lié ? – qu'on a tendance à le remarquer plus que les autres en raison de la couleur de sa peau et qu'il déteste cela. Plus on le remarque, plus on lui trouve des particularités, et plus il se renferme.

M. Pacap abandonne son poste d'observation, à la fenêtre, et va ranger la boîte de biscottes. Puis il traîne les pieds jusqu'à son bureau, installé dans un coin du salon. Il traîne vraiment les pieds, sans les soulever du tout, comme une limace, parce qu'il n'a aucune envie de se mettre au travail.

Dans la rue, sur le chemin de l'école, Timothée aussi traîne les pieds. Il a à peine parcouru deux cents mètres. Y a-t-il encore une possibilité de ne pas aller à l'école ? se demande-t-il.

C'est vrai qu'il ne se sent pas très bien, en fait. Si ça se trouve, il est très malade. Et s'il avait la scarlatine ? Ou le scorbut ? On ne lui en voudrait pas, alors, s'il ratait le jour de la récitation.

« Eh, salut, Timothée ! » lui fait un camarade, sur l'autre trottoir.

Ah, zut. Trop tard pour faire demi-tour.

Malgré la lenteur olympique de ses mouvements, il finit par arriver à l'école.

« Bonjour, les enfants ! dit la maîtresse. J'ai hâte d'entendre les beaux textes que vous allez nous présenter ! Bonjour, Timothée ! Bonjour, Marie ! Bonjour, Boris ! Bonjour, Julia ! Allez, allez, on s'installe ! »

Timothée pose son sac à dos au pied de sa chaise et s'assoit. Il plonge son regard sur ses genoux, comme fasciné par le motif du velours de son pantalon. Aujourd'hui, il ne voit pas les fleurs, dans les longs cheveux noirs de la maîtresse, qui s'ouvrent en grand pour saluer l'arrivée des enfants. D'habitude, à chaque « Bonjour ! » qu'elle prononce de sa voix mélodieuse, les pétales s'écartent puis se resserrent, comme quand on inspire fort au sommet de la montagne.

« *Psst !* lui fait son copain Boris. Tu as choisi quoi, toi ? Moi, j'ai appris *L'Ogre*, de Maurice Carême. C'est court et facile. Tout ce que j'aime ! Alors, et toi ?

– La tirade du nnnez, dans *Cccyrano de Bbbergerac*, marmonne Timothée.

– Quoi ? C'est une pièce de théâtre, ça ! T'es fou, c'est beaucoup trop compliqué ! »

En effet, c'est compliqué. Et puis, c'est un peu prétentieux, non ? Qu'est-ce qui lui a pris de choisir un truc pareil ? se demande Timothée. Il ne va jamais y arriver ! D'ailleurs, comment commence-t-elle, cette tirade ? Oh, là là !

Mais il ne s'en souvient pas du tout! Il a le souffle court. Il a mal au ventre. Il a le scorbut, c'est sûr.

Il n'arrive pas à se concentrer sur les mots du poème que Julia est en train de réciter. Il faut dire qu'elle a une façon de parler très ennuyante. Droite comme un «i», le regard dans le vide, on dirait qu'elle récite le mode d'emploi du micro-ondes. Mais elle a tout de même l'air fière de sa prestation, elle n'a aucune hésitation. Après tout, on ne lui demande pas non plus d'être une «bête de scène». En plus, elle peut faire ce qu'elle veut, elle a la voix la plus mignonne du monde. Dès qu'elle ouvre la bouche, on a l'impression qu'un petit oiseau est entré dans la pièce.

«*Je-suis-grillé-dit-le-grillon*, hache-t-elle comme si elle découpait les mots avec des ciseaux, *le-feu-a-pris-dans-ma-maison…*»

S'il arrivait à déclamer des vers comme dans son imagination, Timothée serait le meilleur. Il parviendrait à amuser la classe et tout le monde prendrait plaisir à écouter de la poésie ! Mais il n'est pas encore prêt. Il a mis la barre trop haut. À cet instant précis, il serait heureux d'être comme Julia. Elle est barbante à souhait, aussi prévisible qu'un bulletin météo, mais au moins, elle se rappelle son texte.

Et puis, ouf, ça y est, elle a terminé. Elle retourne à sa place, un petit sourire aux lèvres, bien que personne ne l'ait réellement écoutée. Elle a l'habitude. Julia est une petite fille discrète qu'on ne remarque jamais, caractéristique que Timothée lui envie terriblement. Elle est sage, appliquée et raisonnable. Des boucles de cheveux châtains entourent son visage en pointe. Ses yeux doux font penser à ceux du girafon, et quand elle sourit, ils se plissent et font des fentes jusqu'à ses oreilles. Quelle chance elle a, se dit Timothée. La corvée de la récitation est derrière elle. Elle est libre !

Brrr... ces affreuses secondes où la maîtresse examine la classe avant de désigner sa victime. Suivant la direction de son regard, les grosses fleurs dans ses cheveux parcourent les rangs et pointent leur pistil vers chaque enfant. Il aimerait tant disparaître sous son pupitre. Juste là, se dit-il en caressant le dessous de la table du plat de la main. Soudain, ses doigts rencontrent une petite chose molle et gluante sur la surface du bois. Qu'est-ce que... ? Beuârk, un chewing-gum ! Sa grimace attire le regard et les fleurs de la maîtresse.

« Timothée ? suggère-t-elle avec du miel dans la voix. Tu veux nous réciter un texte ? »

Non, non, non, il n'en a aucune envie.

« Euh... oui », répond-il faiblement.

Il essuie sa main sur son pantalon pour oublier la sensation dégoûtante de la petite chose mâchouillée sous son pupitre. Puis il se lève avec une lenteur infinie et rampe jusqu'au tableau. Il pèse deux cents kilos, comme il l'avait prévu pendant la nuit, au fond de son lit. Il fait exprès d'avoir l'air souffreteux. Une fois qu'il se sera ridiculisé devant tout le monde, il pourra toujours dire qu'il ne se sentait pas bien parce qu'il avait le choléra.

La maîtresse se tient là, les mains jointes, avec son gentil sourire. Elle est drôlement belle. Elle se nourrit sans doute de nectar et de noisettes. S'il pouvait l'impressionner… Mais on dirait qu'elle sent l'échec qui se profile et qu'elle est déjà un peu désolée. Les fleurs se ferment légèrement, comme si elles avaient peur pour le petit garçon.

« On t'écoute, Timothée, l'encourage-t-elle. Quel est le nom de ton poème, et qui en est l'auteur ?

– Euh... C'est Edmond de Rrrostand, de Cc-cyrano... Euh, non, c'est *Cccyrano de Bbberge-rac*, d'Ededmond Rrrostand... Enfffin, juste un passssage, ppparce que...

– Oui, tu ne peux pas connaître toute la pièce par cœur, évidemment. C'est bien, *Cyrano*, c'est un choix très audacieux ! »

Elle fait un pas en arrière et lui adresse un petit signe de la main. C'est à lui. En face de lui, vingt enfants, bras croisés, le fixent. Il a l'impression qu'ils sont des milliers. Certains dorment à moitié, d'autres le défient du regard. Leurs yeux sont énormes. Aussi gros que des boules de bowling, ou des cerceaux en feu. Seule Julia lui sourit, les yeux plissés, et Boris a envie de rire, comme d'habitude.

« Euh... *Ah non !* se lance-t-il. *Ccc'est un pppeu fffort...* euh... *ccc'est un pppeu lllong...* non. *Ccc'est un pppeu cccourt, jjjeune homme !* Les zésé, les zésé, les hésitations sont dans le tetexte », explique Timothée.

Certains camarades ricanent et leurs grandes dents effilées étincellent tels des sabres. Marie, la peste rousse, glousse en se rongeant les ongles. Entre ses mains, elle chuchote le surnom qu'elle lui a donné : « La Bafouille, la Bafouille ».

« Oui, enfffin, pas tou-toutes, admet Timothée. Euh... *On pppouvait dddire... Oh ! Didi... Oh Dddieu !...* Euh...

– Ha, ha ! C'est peut-être comme ça qu'on parle, dans son pays ! chuchote Marie à sa voisine. Timothée la Bafouille, de Bredouillie ! Capitale : Bégaie-ville ! »

Elle ne fait pas tellement d'efforts pour chuchoter, en fait. Pendant les longues pauses hésitantes de Timothée, on n'entend qu'elle.

« Marie ! gronde la maîtresse. Qu'est-ce que ça veut dire, enfin ? »

La maîtresse comprend qu'avec les regards en boules de bowling braqués sur lui et la pression qu'il s'est mis sur les épaules, Timothée n'arrivera pas au bout du défi immense qu'il s'est lancé.

« C'est un texte difficile, lui dit-elle avec une douceur qui le vexe. Même les plus grands comédiens ont du mal à le jouer, tu sais. Tu peux nous réciter autre chose, si tu veux. Je suis sûre que tu connais *Le Dragon à cinq pattes*[1] ?

– Euh… oui.

– Vas-y.

– Euh… *Un dradra, un dradra… un dragon…* »

Ça ne vient pas non plus. C'est la honte totale. Il se sent encore plus ridicule que le jour où il a raté son plongeon, en cours de nata-

1. Pascale Estellon, *Les Comptines de Grigrigrocha*, Mila Éditions, 1998.

tion. Son maillot avait failli lui rester sur les genoux et il avait dû le réajuster à toute allure pour ne pas se retrouver tout nu devant sa classe.

« Ce n'est pas grave, dit la maîtresse tandis que les fleurs qui entourent son visage se ferment pudiquement. Il y a des jours, comme ça, où ça ne vient pas. Retourne à ta place et reprends ton souffle. »

Elle est gentille d'exprimer les choses ainsi. Mais pour Timothée, il n'y a *que* des jours comme ça, où ça ne vient pas. Alors, quand donc ont-ils lieu, les autres jours ? Dans sa tête, des feuilles d'agenda volent à l'infini.

Boris passe au tableau, et à peine a-t-il ouvert la bouche que tout le monde rit. Mais cette fois, on rit avec lui, on ne rit pas *de* lui.

« *J'ai mangé un œuf,*

Deux langues de bœuf,

Trois rôts de mouton,

Quatre gros jambons… »

Il dit son poème avec un entrain communicatif. Il se frotte le ventre avec gourmandise et agite son index pour ponctuer son discours. Son grand nez pointu hume les bonnes odeurs qu'il imagine flotter dans la classe, et les nombreux grains de beauté qui parsèment ses joues semblent tressauter en rythme sur sa peau. Il est très drôle, il faut bien l'avouer, alors que le poème est complètement nul. Timothée aimerait tellement avoir la même aisance que son copain…

Quand il rentre à la maison, il perçoit l'impatience de son père, qui l'attend dans le salon. M. Pacap était en train de faire les cent pas et de se ronger les ongles. Avant chaque demi-tour, il tapotait du pied sur le parquet avec la rapidité d'un marteau-piqueur. À l'arrivée de Timothée, il se jette dans le canapé et prend le premier livre qui lui tombe sous la main. Il bâille et s'étire, pour faire croire qu'il est détendu et que, sur la planète entière, il n'y a pas une personne moins inquiète que lui.

« Tu as passé une bonne journée, Timoun ? lui demande-t-il négligemment, en levant le nez du livre.

– Tu sais que tu es en tttrain de lire mon mm-manuel de conjugaison ? demande Timothée.

– Oui, eh bien, je le trouve très intéressant, se défend M. Pacap.

– Tu as un pppeu travaillé, aujourd'hui, au mmmoins ? Tu es censé rendre un mmmanuscrit à ton éditeur ce mmmois-ci, non ?

– Oui, oui, j'ai presque terminé, lui assure son père. Je n'ai plus que quelques trucs à vérifier, comme le passé simple du verbe… hum…

–Du vvverbe “raconter nnn’importe quoi à son fffils adoré qui a beaucoup sssouffert à l’école”?»

M. Pacap repose le livre en soupirant.

«Je travaillerai demain, dit-il en recommençant à se ronger les ongles. Mais assez parlé de moi. Alors, comment ça s’est passé ?

–Mmmal, marmonne Timothée en sortant d’un sachet deux pains au chocolat, un pour son père et un pour lui. J’avais le trac et j’ai tou-tout oublié. Toute la classe me regardait. J’ai été nnnul. Je ne pourrai jamais y retourner, il faut que je change d’écccole... Non, ça ne suffira pas. Il faut qu’on démmménage, il faut qu’on parte à l’autre bout du mmmonde. Et si on partait vivre en nau-nAustralie? Je peux être prêt dans cccinq minutes.

–Ne dis pas une chose pareille, Timoun. Tu as quand même de bons copains, dans cette école. Et dis-toi que tu es comme les autres petits garçons, avec les mêmes doutes et les mêmes failles.

–Non, je ne suis pas cccomme les autres. Marie s'est moquée de mmmoi en disant que je venais de Bredouillie, le pppays où les gens bbbafouillent.

–Mais ça ne veut rien dire, ça ! dit son père en s'étranglant d'énervement et en agitant son pain au chocolat. Elle vient sans doute d'un pays de gens bêtes, pour dire ça ! On est tous pareils, on vient tous du même endroit. Et toi, tu es un garçon comme les autres. Garde bien cela en tête, Timoun. Tu veux aller trop vite, c'est tout. La prochaine fois, tu réciteras *Le Dragon à cinq pattes* et tout se passera bien. »

Comme les autres ? Il n'en a pas l'impression. Son père a toujours insisté sur cette idée pour le protéger. Le protéger de quoi ? se demande

Timothée. Son père est persuadé qu'il se sent différent à cause de sa couleur, qui n'est pas la même que celle de la plupart des enfants de son école. Mais Timothée s'en moque, de cela. Lui, il pense que si on le regarde tout le temps, si on se moque de lui et si on guette ses faux pas, c'est parce qu'on voit tout de suite qu'il n'arrive pas à bien parler. Du coup, il n'arrive pas à bien parler. Alors, on le regarde encore plus. Et il parle encore moins bien. Et…

Et puis, il faudrait que son père arrête de l'appeler « Timoun ». Ça fait bébé, alors que ses problèmes sont des problèmes d'adulte. Des problèmes très très graves.

Enfin, la consolation du jour, c'est qu'au moins, l'épreuve est passée. Ce soir, il va pouvoir dormir tranquille. Déçu, mais tranquille.

2
MAMAN

« Bonjour, mon chéri ! dit la douce voix au téléphone. Ton papa m'a dit que tu étais très en colère parce que tu avais oublié ton texte, le jour de la récitation. Mais ce n'est pas grave. Il ne faut pas t'en vouloir pour cela. Tu as le droit de te tromper, comme tout le monde. »

Tandis que sa mère parle, Timothée sent des lianes soyeuses lui caresser le front. Se mouvant avec grâce, elles s'enroulent et se déroulent autour de sa tête. Il se laisse aller avec presque autant de sérénité que si sa mère était là. Mais soudain, il se redresse et chasse les lianes. Il se rappelle qu'il a encore passé un mauvais moment à cause de son bégaiement et qu'il en a marre.

« Comme tout le mmmonde ? dit-il avec un accent de révolte. Vous me répétez ça tout le temps, que je suis cccomme tout le mmmonde. Alors pourquoi ça n'arrive qu'à mmmoi, ce genre de choses ? Pourquoi est-ce que les autres mmme regardent dès que je bbbouge, dès que jjje dis quelque chose ? »

Assis à son bureau, sous le poster de super-héros débile que son père lui a offert, Timothée était en train de dessiner la Voie lactée quand sa mère l'a appelé. Il aurait préféré un poster représentant la galaxie, ou une collection botanique, mais son père trouvait que ce n'était pas assez rigolo pour un enfant de son âge.

« Tu sais, moi aussi, on me regardait beaucoup, quand j'étais dans la région de ton Papa. Ça n'est pas forcément méchant. Mais je te comprends, c'est désagréable.

– Toi aussssi, tu bbbégayais ? demande Timothée. Toi aussi, tu bbbafouillais et tu rou-rougissais ?

– Oh, c'était bien pire que ça ! J'avais un accent qui faisait rire les gens. »

Timothée sent que sa mère ne lui dit pas tout. Les lianes reviennent et l'enserrent avec tendresse. Bien qu'il devine une très légère vibration dans le mouvement des petites feuilles qui les recouvrent, elles parviennent à chasser ses doutes en lui massant le crâne.

« Devine quoi, Timoun... J'ai une solution pour toi. Un porte-bonheur magique que j'ai confectionné avec ta grand-mère. Tu le recevras dans quelques jours.

–Un ppporte-bonheur magique? Est-ce que grand-mère est une sssorcière?

–Non, non, non! s'affole sa mère, qui s'imagine, elle aussi, que Timothée est vu différemment à cause de ses origines. Elle a un livre de recettes, comme toutes les grands-mères du monde! Et dedans, elle a trouvé une recette contre le trac, voilà.

–Et toi, tu es une sssorcière? À l'école, un jour, un garçon m'a dddemandé si tu savais jeter des sssorts. Il a vu à la télé qu'en Gua-guadeloupe, les femmes préparent des pppotions magiques et jettent des sssorts.

–Mais enfin, Timothée! proteste-t-elle avec un rire gêné. Quelle drôle d'idée! Ici, c'est comme chez toi. Tout est pareil, les animaux, le climat, les fruits! Tiens, par exemple, tu aimes les frites, n'est-ce pas? Eh bien, ta grand-mère fait de délicieuses frites, comme celles de ta

Mamie Cathy de Normandie. Exactement les mêmes ! Tu diras à ton copain que la Guadeloupe et la Normandie, c'est pareil.

– Alors pourquoi es-tu pppartie, si c'est pareil ici et là-bas ? »

Mme Pacap laisse passer un temps qui ne paraît pas totalement naturel.

« Timoun, je te l'ai dit cent fois…

– Oui, Tatie Haydée est partie faire le tour du mmmonde sur son bateau et tu dddois t'occuper de Grand-Mmmère et de Grand-Pppère pendant ce temps…

– Voilà. »

Timothée n'est pas convaincu. Il sent que sa mère lui cache quelque chose. Ses grands-parents ne sont pas si vieux. Et ils ne sont pas malades, à ce qu'il sache. Quant à Tatie Haydée, elle déteste quitter sa maison. Il ne pense pas que ses parents soient en train de divorcer, bien qu'il se soit préparé à affronter cette éventualité. Quand M. et Mme Pacap discutent au téléphone, ils n'arrêtent pas de faire des plaisanteries et, dès qu'ils parlent de lui, ils ont l'air d'accord. Ils s'entendent très bien, aussi bien que Timothée et son copain Boris. Alors ce doit être autre chose.

« Mon chéri ?

– Oui, Maman ?

– Au sujet du porte-bonheur… Évite d'en parler à ton père. Il ne croit pas à ces choses-là et il risque de se moquer de moi.

– C'est comme les lianes que je sens sur ma peau quand tu m'appelles ?

– Tout à fait, Timoun, confirme énergiquement sa mère. Si tu en parles, on va te dire que je te manque tellement, que tu es si malheureux que tu inventes des histoires pour combler mon absence. »

MAMAN

Le lendemain soir, Timothée surprend son père en ligne. Sur l'écran de la tablette, il aperçoit sa mère. Son père chuchote. Manifestement, il n'a pas envie que Timothée l'entende. Cette affaire sent l'embrouille à plein nez.

« Alors ? demande M. Pacap. Combien de potions sais-tu fabriquer, maintenant ?

– *J'ai beaucoup progressé,* répond Mme Pacap. *Je peux maintenant chasser les fourmis, les moustiques et les avares.* »

Timothée n'entend pas les réponses de sa mère. Son père porte des écouteurs. Et de là où il est caché, derrière le ficus du couloir, il ne voit pas bien l'écran. Il a tout de même l'impression que sa mère se tient devant un chaudron fumant.

« Les avares ? demande son père. C'est quel genre d'insectes, ça ?

–*Non, je veux dire les gens avares,* répond sa mère. *La potion marche aussi sur eux. Tu es sûr que Timoun ne nous entend pas ?*

–Oui, oui, il dort à poings fermés. »

M. Pacap est allongé sur le canapé la tête en bas, les jambes pendouillant par-dessus le dossier. Il s'installe toujours comme ça, quand il parle au téléphone avec Mme Pacap. En faisant un gros effort musculaire, il se redresse et vérifie quand même que son fils n'est pas en train de l'espionner. Derrière les feuilles du ficus, Timothée est invisible. M. Pacap reprend sa position, tête en bas, en se frottant le ventre.

« *Bon,* fait Mme Pacap. *Comment va-t-il ?*

–Il va mieux, répond finalement son père. Il lit des histoires pour les enfants, il regarde des films pour les garçons de son âge, il aime les super-héros et la glace au chocolat. Je crois qu'il est comme les autres enfants, vraiment.

Mais lui, il ne le pense pas. Il n'a pas confiance. Il croit être moins intelligent, moins beau et moins drôle. Surtout, il est persuadé qu'il est incapable de parler en public.

– *Tu crois qu'il faut continuer d'atténuer ses particularités ?*

– Je crois que oui. Non ? Oui… Faisons comme le docteur a dit, non ?

– *Eh bien, oui… non ? Continuons. Ce serait bien qu'il se sente comme tout le monde. Qu'il ne se croie pas bizarre ou différent. Alors il faut éviter de parler de ses cheveux, de l'alimentation, de la culture de son île…*

– Oui, faisons comme ça. Pour que cette année scolaire se déroule au mieux. Mais il se doute bien qu'il y a des différences entre ta vie en Guadeloupe et celle qu'on mène ici. »

Pendant que son père continue de discuter, Timothée s'éclipse dans sa chambre. Il se glisse dans son lit, prend sa petite lampe de poche et passe la couette par-dessus sa tête, comme s'il était sous une tente. C'est sa mère qui lui a offert la housse de couette. Elle trouvait que les chiens qui sont imprimés dessus étaient très mignons. « Des chiens typiquement guadeloupéens », lui a-t-elle dit. Ils ressemblent pourtant à s'y méprendre à des saint-bernard.

Il ouvre son livre préféré, l'*Atlas des îles mystérieuses*, qu'il a trouvé dans la bibliothèque de rue, un jour, en rentrant de l'école, et qu'il cache sous son matelas. Il tourne les pages délicatement et contemple les gravures. Il a un trésor sous les yeux, qu'il ne veut partager avec personne.

Chaque île est différente. Il y a les montagnes sortant de l'eau, les galettes qui semblent flotter, il y a les volcans et les bancs de sable. Il y a les Marquises, il y a Wallis, il y a les Féroé, Clipperton, Fidji, Sainte-Hélène, Belle-Île, Guernesey… Il veut les découvrir toutes. Pour cela, il faudrait que, pour son anniversaire, on lui offre une boussole, un compas, un sextant ! Et non un puzzle de cent pièces, un pistolet à eau ou autre jouet pour gamin.

Il entend les pas de son père, dans le couloir. Vite, il referme l'atlas, le fourre sous son oreiller et sort de sa petite table de nuit un livre qu'on lui a offert cet été.

« Tout va bien, Timoun ? demande M. Pacap en entrant. Qu'est-ce que tu lis ?

– Oh, rien de ssspécial : *Monsieur Chat*. Un livre pppour les petits garçons de mmmon âge.

– Tu sais que tu le tiens à l'envers ?

– Ah, oui ! Ha, ha ! Que je suis mmmaladroit ! »

3
LE PORTE-BONHEUR

Driiiiiing ! sonne le facteur.

C'est samedi matin. Dans la cuisine, Timothée, qui traînait devant son bol de céréales, bondit de sa chaise, devance son père qui sursaute et casse sa biscotte, et se précipite à la porte.

« Bonjour, petit, dit le facteur. J'ai un colis pour Timothée. C'est toi ?

– Oui ! »

Le facteur lui tend le paquet.

« Ça vient de Guadeloupe », dit-il en lui adressant un clin d'œil.

Timothée pourrait jurer que ce clin d'œil a quelque chose d'étrange. Il y a eu un petit éclat brillant, au coin de l'œil du monsieur. Il ressemble un peu à sa mère, d'ailleurs. Il vient de Guadeloupe, c'est certain.

Mais peu importe, Timothée a plus important à découvrir. Il regarde avec attention le colis. Enfin, plutôt le petit paquet. Et encore, «paquet» est un grand mot. En réalité, il s'agit d'une enveloppe gonflée. Il file dans sa chambre, l'ouvre et, à l'intérieur, découvre une carte postale qui représente un pré avec des vaches. C'est la Guadeloupe, ça? On dirait plutôt la campagne autour de la maison de Mamie Cathy. Derrière, Mme Pacap lui a laissé un petit mot, écrit de sa main:

Il se dit d'abord qu'elle a fait une faute. D'habitude, on dit plutôt «trouver sa voie». Mais c'est vrai que lui, c'est une voix qu'il cherche.

« Qu'est-ce que c'est ? demande son père en passant la tête dans l'entrebâillement de la porte.

– Euh… C'est une carte pppostale de Maman.

– Ah ? Pourquoi le facteur ne l'a pas glissée dans la boîte ? Fais-moi voir ! »

Timothée lui montre la carte et son père sourit.

« C'est amusant, tu ne trouves pas, comme l'environnement de ta mère est proche du nôtre ! On dirait les champs, derrière chez Mamie Cathy. »

Timothée hoche la tête avec conviction, bien qu'il sache qu'en réalité, l'environnement de sa mère est bien différent du sien. Il attend que son père referme la porte de sa chambre et se penche sur le contenu de l'enveloppe. Il dépiaute un emballage de carton blanc, qui contient un emballage de papier vert, qui contient un emballage de tissu jaune, duquel il retire de l'adhésif pour trouver encore un emballage, en papier de soie bleu, cette fois. Il déplie soigneusement le papier et découvre une petite boîte entourée d'un joli tissu aux rayures rouges, orange et jaunes. Elle est minuscule. À peine la taille d'une boîte d'allumettes. Il l'ouvre et une odeur douce l'entoure. Une odeur de forêt vierge, plus précisément de pluie sur les feuilles, lui monte au nez, d'un coup.

Dans la boîte, il trouve un objet fin et rond. C'est un magnifique bracelet en lanières de caoutchouc tressées. On dirait des feuilles d'arbres séchées et entremêlées. Que c'est beau ! Et comme ça sent bon ! Ça lui rappelle le parfum enivrant des lianes qui le bercent lorsque sa mère lui téléphone. En regardant le bracelet avec plus d'attention, il se dit qu'il en a déjà vu le motif quelque part... Mais où ? Son cerveau turbine pour reconnaître le motif des lanières végétales. Il reprend la carte, en quête d'un mot qui lui aurait échappé.

« Han ! » fait-il en faisant tomber la carte.

Le texte a changé. Qu'est-ce que c'est que cette histoire ? Maintenant, il est écrit :

Désormais, c'est toute sa chambre qui sent la pluie de forêt. Il a l'impression que le parfum fait gonfler ses poumons et le rend plus fort.

Et puis, une image lui vient à l'esprit, qui lui rappelle où il a vu le motif du bracelet. Il se précipite vers son lit et saisit l'atlas, caché sous son oreiller. Il cherche les pages consacrées aux Caraïbes. Il tourne, il tourne… Voilà, c'est là ! Sur la gravure qui représente la Guadeloupe ! Le cadre est composé de branches entrelacées, ou de racines très longues et très souples. Son bracelet est composé de morceaux d'arbres des Caraïbes !

Il passe le bout de son doigt sur la surface du bracelet. Puis il l'enfile et se remplit les narines de cette odeur fraîche. À ce moment, il repense au jour de la récitation et il se dit que, si c'était à refaire, là, tout de suite, il serait capable de déclamer la pièce de théâtre dans son intégralité. Il serait même capable de la jouer avec conviction et de faire rire ses camarades, puis de les faire pleurer, puis de les faire rire encore. Personne n'aurait l'idée de l'appeler « Timoun ». Il serait un homme, un vrai, et la maîtresse se pâmerait d'admiration devant sa prestation. Ce serait complètement fou !

Mais elle a eu trop de peine pour lui, elle ne l'appellera plus jamais au tableau. Il ne vaut pas mieux que les chewing-gums mâchouillés collés sous les pupitres.

4

LA PROPOSITION

Au début de la matinée, la maîtresse explique aux élèves un projet auquel elle aimerait les faire participer. Elle est plus jolie que jamais, avec son nœud rose dans les cheveux, et la palpitation des fleurs qui trahit son enthousiasme débordant. Elle est splendide. Quand elle parle, le soleil n'éclaire plus personne d'autre.

« C'est un concours national d'éloquence, ouvert à tous ! dit-elle.

– C'est quoi, madame, un concours d'éloquence ? » demande Julia.

Les fleurs de la maîtresse s'ouvrent en grand, comme si elles se demandaient, elles aussi, ce qu'est un concours d'éloquence.

« L'éloquence, c'est l'art de bien parler, répond la maîtresse. L'art de convaincre grâce à la parole.

– Comme vous, quand vous dites qu'on doit faire nos devoirs ? demande Boris.

– Oui, sauf que vous, vous n'avez pas le choix. Pour le concours, les participants devront s'exprimer devant un public.

– S'exprimer sur quel sujet ? demande encore Boris. On peut parler de ce qu'on veut ? On peut parler de nos joueurs de basket préférés ?

– Ou de notre animal de compagnie ? » demande Marie.

Boris se tourne vers Marie en fronçant les sourcils, et ça lui donne une drôle de tête de hibou.

« Qu'est-ce que tu racontes ? T'en as même pas, d'animal de compagnie ! »

Les fleurs dans les cheveux de la maîtresse s'agitent.

« Les enfants, on se concentre ! s'exclame-t-elle. Les participants pourront parler de ce qu'ils veulent. Le but est d'intéresser le public. Plus que cela, même : le but est d'être celui qui attirera le plus l'attention du public ! Si tu te sens capable de passionner la foule en parlant de tes joueurs de basket préférés, Boris, pourquoi pas ? Vous pouvez aussi réciter un poème ou citer un livre que vous aimez pour donner plus de force à vos idées. »

Marie fait une grimace à Boris.

« Il faut d'abord choisir un représentant pour l'école. Les représentants des écoles s'affronteront ensuite au niveau de la région, puis de tout le pays ! Vous aurez quelques semaines pour désigner votre représentant.

– Boris ! Boris ! crient les enfants en chœur, en tapant sur les tables.

– Quoi ? Moi ? proteste Boris avec fausse modestie, les bras croisés. Pff, s'il faut apprendre des poèmes par cœur, non merci !

– Non, les enfants, il faut faire les choses sérieusement. Ceux qui veulent participer doivent s'inscrire. Ils seront ensuite départagés en montant sur scène, chacun son tour, dans la salle de spectacle de l'école.

– Y a pas de salle de spectacle, ici, madame ! proteste Boris.

– Oui, enfin, dans le gymnase qui sera aménagé en salle de spectacle. »

Alors qu'elle allait commencer la leçon de géographie, Timothée lève timidement la main.

« Oui, Timothée ?

– Je pppourrai ppparticiper, mmmoi ? »

Tout le monde éclate de rire. Marie le pointe du doigt en pouffant.

« Oh-oh-oh, ou-ou-oui, alo-lors ! l'imite-t-elle. Mais seulement si le concours a lieu en Bredouillie ! »

Même la maîtresse rougit et se demande si c'est une plaisanterie. En même temps, si Timothée faisait des blagues devant tout le monde, ça se saurait.

« Oui, tu pourrais, dit-elle en faisant comme si Timothée avait employé le conditionnel, et non le futur. Mais es-tu sûr que ce soit une bonne idée ? Il faut aimer prendre la parole en public, tu as conscience de cela ?

– La Bafouille, au concours d'éloquence ? crie Marie. Ha, ha ! Ce serait le pire représentant du monde ! Autant demander à un chinchilla ! »

La maîtresse lui fait les gros yeux. Les fleurs s'avancent vers le visage de la peste, les pistils légèrement menaçants.

« On verra ça plus tard, veux-tu ? » souffle-t-elle à Timothée.

À la récréation, autour d'une partie de billes, une grande discussion s'amorce entre le petit garçon et ses amis.

« Qu'est-ce qu'il t'arrive ? lui demande Boris, aussi inquiet que si son copain s'était inscrit pour partir en voyage sur Mars. T'es complètement dingue, de vouloir faire ce concours débile !

– Il plaisantait, voyons, intervient Julia. Tu prends tout au sérieux, toi.

– Tu l'as déjà entendu plaisanter en classe ? Tu plaisantais, Tim' ?

– Euh, nnnon », répond Timothée sans lever la tête.

LA PROPOSITION

Boris se tourne vers Julia avec l'assurance d'un savant qui vient de réussir une expérience. Il est sur le point de reprendre la parole, quand une ombre se dessine sur le sol. Les billes tremblent et s'entrechoquent. Les feuilles du marronnier frissonnent et certaines, les plus jaunes, tombent.

Marie s'approche du groupe. Elle fait penser aux guêpes, pendant les pique-niques : elle débarque dès qu'on s'installe et on n'arrive pas à se débarrasser d'elle. Sauf que son pas est moins léger. Un tremblement de terre accompagne tous ses déplacements, tellement elle frappe le sol en marchant. Elle ne va nulle part sans les deux hyènes qui lui font office de copines, qui n'ont pas plus qu'un pois chiche à la place du cerveau, et que Boris a un jour surprises en train de manger leurs crottes de nez. Elles terrorisent l'école. Elles sont pires que les troupes d'Attila, pires que les sept plaies d'Égypte, pires même que le directeur de l'école. Marie a redoublé. Elle est un peu plus grande que la plupart de ses camarades et a de grands pieds. D'ailleurs, c'est bizarre, et personne n'ose le lui dire : quand elle approche, ça sent un peu comme dans la cage d'un hamster.

Elle pousse Julia de sa grosse main de bûcheron et se colle à Boris, qu'elle aime bien, pour s'introduire dans le cercle.

« Alors, la Bafouille ! Tu te prends pour le champion de la récitation ? Tu vas nous répéter ton Tyranno ? demande-t-elle à Timothée avant de l'imiter : “Euh… C'est, euh, un peu fff-fffort ! Euh… Alors… Euh…” Ah oui, vraiment, tu sais bien t'exprimer !

– Laisse-nous tranquilles, le mulot ! fait Boris. On était entre adultes, là, en train de parler de choses sérieuses. »

Il n'y a que lui qui ose l'appeler ainsi. Elle fait toujours comme si elle ne l'entendait pas. À moins qu'elle n'aime l'odeur des mulots.

« Et c'est pas Tyranno, c'est Cyrano, corrige Julia de sa petite voix de moineau.

– *Cui cui cui !* se moque Marie en battant des ailes imaginaires, avant d'affirmer : Je dis ce que je veux ! Je fais ce que je veux, quand je veux !

– Alors c'est toi, Tyranno ! se moque Boris. Tyranno le tyran !

– Vous faisiez quoi, d'abord, bande de nuls ? » demande-t-elle en s'incrustant un peu plus dans le groupe.

Elle envoie valser Julia sans même s'en rendre compte et s'accroupit devant le cercle dans lequel sont dispersées les billes.

« Oh, elle est jolie, celle-là ! dit-elle avant de glisser la bille bleue dans sa poche avec la discrétion d'un hippopotame. Pour faire diversion, mais avec un étonnement sincère, elle dit : Ça sent bon ! C'est quoi, cette odeur ? »

Timothée comprend qu'elle a senti l'odeur de son bracelet. Il pensait ne rien dire, comme d'habitude, et se reposer sur Boris, qui n'a pas peur du gang de Marie. Mais aujourd'hui, elle l'a particulièrement énervé. Il se tourne vers elle et se force à la regarder bien en face, au fond de ses yeux noisette qui louchent un peu. Elle est surprise, mais se reprend et cherche une méchanceté à dire. Timothée inspire un grand coup et prend les devants.

« Ça sent le sssavon, la rouqui-quine. Mais comment pourrais-tu le savoir puisque, tttoi, tu ne te laves pppas ? C'est vrai que tu n'as pas le tttemps, avec toutes ces bastons que tu déccclenches, les billes et les goûters que tu vvvoles, les insultes que tu envoies à tout le mmmonde. C'est ton choix, on ne pppeut pas tout fffaire. Mais moi, je pppréfère me laver. Comme ça, je sens bbbon. »

Boris et Julia échangent un regard interloqué, puis éclatent de rire. Les copines de Marie se retiennent. Mais elles finissent par rire aussi. Marie le pousse brutalement et se lève.

« Tu es vraiment... Tu es vraiment trop bête ! dit-elle, vexée comme un pou. Retourne avec ton Tyranno !

– C'est toi, Tttyranno ! réplique Timothée. Moi, je révise *Cccyrano* sous la douche, avec mon savvvon. Tu devrais faire pareil ! Grâce à son nnnez, Cyrano peut te sentir à l'autre bb-bout de la ville ! »

Nouvel éclat de rire de ses copains.

« Mouaahaaahaaaaaa ! fait Boris, plié en deux. Comment tu l'as séchée, la *miss* mulot ! »

À quelques mètres de là, la maîtresse a tout vu, tout entendu. Elle est très étonnée de la réaction de Timothée. C'est la première fois qu'il ne se laisse pas faire. Il a un peu bafouillé, mais ça ne l'a pas arrêté dans son élan. Il ne s'est pas montré très gentil, c'est vrai. Mais ça ne fera sans doute pas de mal à Marie d'être remise à sa place, pour une fois.

LA PROPOSITION

À la fin de la journée, elle lui demande de venir la voir.

« Timothée, veux-tu vraiment participer au concours d'éloquence ? »

Il hoche la tête, les pouces coincés dans les bretelles de son sac à dos. Il se sent épié par les autres qui, comme par hasard, mettent un temps fou à quitter la salle. Allez ! trépigne-t-il intérieurement. Ce n'est pas si long de fermer son cahier, sa trousse, de ranger sa règle au fond de son sac ! Il aimerait être en tête à tête avec la maîtresse, il serait plus à l'aise pour affronter sa beauté bouleversante.

« Tu sais que ça va être très intimidant, continue-t-elle pendant qu'il observe les derniers élèves par-dessus son épaule. Il faudra écrire et réciter des textes devant la classe, puis devant l'école, puis devant des centaines d'élèves d'autres écoles. Et si tu vas jusqu'au bout, ce sera peut-être même filmé pour le journal télévisé. Tu es prêt à affronter toutes ces épreuves ? »

Marie trouve le moyen de refaire son lacet juste à ce moment-là.

« Euh... fait Timothée. S'il y a, euh... beaucoup d'épreuves... ça... ça vvvoudra dire que... euh... que je suis allé llloin. Et ça... ça, ce serait une bbbelle... une belle vvvictoire.

– Peut-être faut-il que tu en parles avec ton papa ?

– Euh, oui... mais je sais que, euh... il sssera... il sera d'accord. »

Timothée est sur le point de passer la porte, quand la maîtresse le rappelle. Les fleurs qui encadrent son visage aux reflets de cuivre sont à moitié fermées.

« Oui, maîtresse ?

– Il faut aussi que tu saches que l'éloquence ne sert pas à faire du mal aux autres. »

LA PROPOSITION

Le petit garçon comprend l'allusion à la méchanceté dont il vient de faire preuve envers Marie. Il s'en veut, d'avoir blessé sa camarade. Il ne pensait pas qu'elle pouvait être triste. Et quand il a vu qu'elle était sur le point de pleurer, il aurait voulu retirer tout ce qu'il avait dit. Il baisse la tête, honteux d'avoir déçu la maîtresse. Elle a raison, se dit-il. S'il parvient à maîtriser les mots, ce sera pour se révéler, non pour se transformer en quelqu'un d'autre.

5
POURQUOI PAS MOI ?

« Un concours d'éloquence ? s'exclame M. Pacap en se triturant les cheveux en tous sens et en usant le carrelage de la cuisine à force de le parcourir. Tu es fou, Timoun ! Mais enfin, tu vas te faire un sang d'encre pendant toute l'année ! Tu vas faire des cauchemars, tu vas perdre le sommeil, et l'appétit ! Je ne peux pas te laisser faire ça. Ce concours va te rendre trop malheureux. »

Il est aussi paniqué que si on lui annonçait un feu de forêt, un tsunami et une rupture des stocks de biscottes en même temps.

« Et si Maman dit oui, tu ssseras d'accord ? demande Timothée calmement.

– Ça m'étonnerait que ta mère accepte de te laisser courir un tel risque. Mais… adjugé. Si tu obtiens son accord, tu auras le mien. »

Timothée sait déjà que sa mère sera plus ouverte que son père à l'idée du concours. Il l'appelle immédiatement, prenant soin de s'éloigner des oreilles curieuses de son père. Il lui explique la proposition de la maîtresse et son envie de participer à ce grand concours qui lui permettrait de surmonter ses peurs.

« C'est très courageux, Timoun, lui dit-elle. J'en déduis que tu as reçu mon porte-bonheur ? »

Pour plus d'intimité, Timothée s'esquive dans sa chambre. Il fait bien, car M. Pacap n'a pas du tout envie de travailler, aujourd'hui non plus. Il est pris d'une envie subite d'examiner la lampe à l'entrée du salon, puis de vérifier que la peinture ne s'écaille pas dans le couloir.

« Oui, il est mmmagnifique, Maman. Et il va me changgger la vie, j'en suis pppersuadé. »

Elle ne répond pas tout de suite, et Timothée perçoit le souffle doux et rassurant des feuilles sur les lianes, qui lui chatouillent les joues. Il s'allonge sur son lit et elles le suivent, trifouillant dans ses cheveux, comme sa mère faisait quand il était petit.

« En fait, dit-elle finalement, un peu contrariée, c'est la première fois que j'en fabrique un de cette sorte. Il faudrait peut-être que tu l'essaies avant de prendre de grandes décisions. Ce concours peut être un danger, pour toi. Tu sais ce qui t'arrive quand tu parles devant des gens que tu ne connais pas ? Tu deviens rouge, tu étouffes et parfois, tu te tétanises. On ne sait pas encore si la formule que j'ai utilisée fonctionne…

– Je-je sais, Maman, chuchote-t-il. Mais pour le découvrir, il faut la mmmettre à l'épreuve.

– Es-tu sûr de vouloir tenter cette aventure ? chuchote aussi sa mère, par réflexe.

– Oui.

– Sûr et certain ?

– Oui, jjje veux participer à ce con-con-concours. Papa a dit que sssi tttu étais d'accord, il serait ddd'accord. »

Mme Pacap connaît la technique, mais elle fait semblant de ne pas déceler la ruse de son fils et reprend, après mûre réflexion :

« Si tu y tiens, je suis de tout cœur avec toi. Tu as raison, le porte-bonheur te protégera. Il n'y a pas de raison qu'il ne fonctionne pas. Mais si tu éprouves la moindre angoisse, dis-toi qu'il vaut mieux pour toi rester en retrait et faire ce que tu aimes : lire, écouter de la musique, jouer avec ton copain Boris. »

À propos de Boris, il reste à Timothée une question à résoudre avant de confirmer son inscription auprès de la maîtresse.

Le lendemain, pendant la récréation, il demande à son ami :

« Dddis, Boris, tttu t'inscris avec mmmoi au con-con-concours ? »

Boris, qui examine ses billes d'un œil expert et admire le reflet irisé de certaines, suspend son geste et reporte son attention sur Timothée.

« Quoi ? Tu n'as toujours pas laissé tomber cette idée stupide ? Tu trembles comme une feuille quand il faut parler à des inconnus. Et puis, moi, je déteste apprendre des textes par cœur. C'est débile, de vouloir faire ça. Et qu'est-ce qu'on a à y gagner ?

– Jjje ne sais pas. Des lllivres, je crois ?

– Pff. J'en ai plein à la maison.

–Et sssi Ju-Julia le fffait ? »

Timothée sait que Boris ne perd pas une occasion d'impressionner leur amie. Il ne saisit pas très bien ce qu'il lui trouve, avec ses yeux de girafon, sa façon de se montrer raisonnable en toute circonstance (jamais plus de quatre carrés de chocolat pour le goûter, jamais moins de neuf heures de sommeil par nuit, un film par semaine, pas trop haut, la balançoire, pas de vêtements clairs les jours de pluie, pas trop fort, sur la mine du crayon, pas de caresses aux chiens qu'on ne connaît pas...). Julia est une petite fille modèle qui semble parfaite, au premier abord. Et la perfection, pour ceux qui ne sont pas parfaits du tout, c'est agaçant. Mais il l'aime bien, finalement. Parce que des yeux de girafon et une voix de moineau chez la même personne, c'est loin d'être parfait. Mais c'est adorable.

Soudain, la terre tremble.

« Et si moi, je le fais ? demande Marie en débarquant, ses grands pieds écartés, les mains sur les hanches, avec ses deux copines.

– Toi ? fait Boris. Avec ta voix de casserole, personne n'aura envie de t'écouter !

– C'est ce qu'on verra. »

Elle lève le menton avec fierté et s'en va. L'odeur de cage de hamster s'atténue.

En classe, Timothée fait passer un mot à Julia :

Boris hésite à participer au concours.
Il m'a dit qu'il le fait si tu le fais.

Les joues rondes de Julia rougissent quand elle découvre le message. Elle fait « oui » de la tête et ses boucles s'agitent dans tous les sens.

À la fin de la journée, Timothée, Boris et Julia sont inscrits sur la liste. Marie aussi.

6
LES VACANCES EN NORMANDIE

À l'approche des vacances, Timothée se demande s'il a bien fait de s'inscrire au concours, et ce qui lui fait peur, c'est qu'il sent que la maîtresse se pose la même question.

Le dernier jour d'école, elle le retient quelques minutes, après le départ des autres.

« Tu es toujours décidé, Timothée ? lui demande-t-elle.

– Euh, ou-oui », répond-il en rougissant.

Le manque de fermeté de sa réponse et ses yeux fuyants peuvent prêter à confusion. Les fleurs dans les cheveux de la maîtresse s'ouvrent et se ferment à un rythme rapide, signe qu'elle doute de la détermination de l'enfant.

« Tu peux encore annuler ta participation, tu sais », lui dit-elle avec précaution.

Mais la timidité de Timothée, à cet instant, est surtout liée à l'émerveillement qui l'envahit chaque fois que le parfum de muguet de la jeune femme vient lui titiller les narines.

« Non, jjje sais ce que je fffais », s'efforce-t-il de répondre.

En disant cela, il lève son visage vers elle et soutient son regard quelques secondes, avant d'abdiquer, ébloui par tant de délicatesse.

« Bon, conclut-elle. Tu peux toujours réfléchir pendant les vacances. Nous en reparlerons à la rentrée. »

Mais Timothée ne veut pas réfléchir, justement. S'il y pense trop, il prendra peur et trouvera mille raisons pour revenir sur sa décision. Les vacances ne doivent pas servir à remettre son choix en question.

Qui dit vacances dit séjour en Normandie, chez Mamie Cathy.

Sa grand-mère habite un village sur une falaise, au milieu des champs. L'herbe y est grasse et touffue, nourrie par des pluies abondantes qui font ressortir l'odeur de la terre. Des vaches paissent tranquillement aux alentours, et quand Timothée voit leurs taches rousses, depuis la petite route qui les mène à la maison de Mamie Cathy, il sait qu'ils sont bientôt arrivés. Elles lui font penser aux goûters de vacances, constitués de lait frais et de tartines de beurre. Rien que d'y penser, il en a l'eau à la bouche !

Mamie Cathy habite la plus jolie chaumière du monde. On s'y sent tout de suite chez soi. Il y a des iris sur la crête du toit et des géraniums sur le rebord de chaque fenêtre.

Mamie Cathy prend aussi grand soin de son jardin. La pelouse est aussi douce que du velours. On peut y pique-niquer sans nappe, elle ne gratte pas les fesses. Elle est entourée de rangées de fleurs de toutes les couleurs. Des rosiers rouges et jaunes, des narcisses blancs, des glaïeuls violets, des pétunias roses... Et les papillons, les abeilles et les petits elfes pullulent. Au bout, des pommiers et des poiriers croulent sous les fruits, quand c'est la saison. Ça pousse, ça bourdonne, ça frissonne, ça mûrit... La vie explose partout où l'œil se pose.

Il y a un étang, dans lequel des carpes rouges et blanches nagent d'un bout à l'autre, sous les plateaux vert émeraude des nénuphars. La nuit, des grenouilles et des crapauds pointent leur nez, et seul Timothée remarque leur comportement étrange : c'est sûr, ils attendent que quelqu'un vienne les délivrer de leur sortilège.

Quand la voiture quitte la route pour s'engager sur le chemin qui mène chez sa grand-mère, Timothée passe la tête par la fenêtre et, à pleins poumons, hume l'air pur de la campagne. Les grappes de glycine qui dégringolent de la tonnelle marquent l'entrée du territoire enchanté. Quelle que soit la période de l'année, ça sent les fleurs et la tarte aux pommes.

Son père gare la voiture au bout de l'allée de gravier, et Timothée saute d'un bond. Il court vers Mamie Cathy qui lève haut sa canne et le serre fort contre son cœur.

Mamie Cathy a une jambe de bois. À cause de cette particularité, elle se déplace avec une canne et elle boite un peu.

« Tu as encore grandi, toi, depuis cet été ! » lui dit-elle.

Elle porte un tablier et tient une spatule à la main. C'est le signe qu'un gâteau est en train de cuire au four.

« J'ai fait une tarte aux myrtilles pour fêter votre arrivée, confirme-t-elle, comme si elle devinait ses pensées. Puis, avec un clin d'œil : Tu pourras ajouter de la crème fraîche dessus. »

Chez Mamie Cathy, tout est parfait. À un détail près.

Timothée ne peut jamais profiter de ce paradis comme il en rêverait. Il n'est jamais tout seul, chez sa grand-mère. Pendant les vacances, ses huit cousins habitent également la chaumière, avec quelques-uns de ses oncles et tantes. C'est une véritable colonie de vacances. Le vacarme et l'agitation règnent dès le petit déjeuner. Rires, larmes, disputes et jeux bruyants ont cours jusqu'au goûter, ne laissant à Timothée pour seul répit que la petite heure que les autres consacrent à leurs devoirs de vacances, une fois rassasiés. Lui fait les siens en quelques minutes, puis s'esquive pour aller chercher le calme. Il profite de la concentration de ses cousins pour lire au bord de l'étang, avant que toute la famille se rassemble autour de l'immense table pour le dîner. Il garde un œil sur le groupe, parce qu'il surveille l'arrivée des crapauds et qu'il ne veut pas que ses cousins turbulents viennent les embêter.

« Tu vas t'installer là-haut ? suggère Mamie Cathy. Il y a déjà Célia et Hannah, Edgar et Nils, Constantin et Élisabeth. Les voisins sont là aussi. Je crois que tu ne les connais pas. Et Lou et Billie arriveront dans la soirée. »

Timothée est déçu. Il espérait pouvoir rester parmi les adultes. Avec eux, il peut s'installer dans un coin sans qu'on trouve étrange qu'il ait le nez plongé dans un livre ou qu'il observe l'étang avec tant de curiosité. Mais chaque fois, sa grand-mère le force à participer aux activités de ses autres petits-enfants. Pour le « sociabiliser », comme elle dit.

Le petit garçon se dirige lentement vers l'étroite échelle de bois, à peine visible entre les géraniums, et monte au grenier avec son sac à dos.

Le grenier a été aménagé en dortoir pour recevoir tous les cousins et cousines, et même leurs amis s'ils le veulent. Il y a douze lits et on peut ajouter des matelas par terre. Et pourquoi pas accueillir tous les enfants du monde, tant qu'on y est ? se demande Timothée en soupirant. Quand il arrive là-haut, c'est déjà le bazar. Des oreillers et des couvertures sont éparpillés au sol et les enfants courent dans tous les sens en hurlant.

« Si, tu fais pipi au lit ! crie le grand Edgar, le doigt pointé sur son petit frère, Nils. Il fait pipi au lit, il fait pipi au lit ! »

Un oreiller vole à travers la pièce et s'écrase contre un mur.

« Et toi, tu pues la chaussette sale ! » crie Célia pour défendre Nils.

Un oreiller vole dans l'autre sens. Timothée se baisse pour ne pas le recevoir dans la figure. En voyant leur cousin, toute la troupe s'arrête et se met à sauter autour de lui. Le plancher tremble et, tandis que Timothée craint pour les fondations de la maison, les vibrations encouragent les autres à sauter encore plus haut.

« Timoun ! Timoun ! » crient-ils pour l'accueillir, ravis de compter un enfant de plus dans la bande.

Timothée, aussi raide qu'une tige de bambou, s'efforce de sourire pour donner le change, mais ne parvient pas à avoir l'air cool.

« Euh... hé hé, fait-il avec un petit rire qui disparaît tout de suite. Sa-salut !

–Eh, c'est le petit citadin ! dit Edgar, celui qui est déjà costaud comme une armoire à glace, les poings sur les hanches. Ça va, Timothée ? Tu viens jouer avec nous ou tu vas te mettre dans un coin pour écouter les mouches ? »

Pendant que le vol des oreillers reprend, Timothée pose son sac à dos au pied de son lit habituel.

« Tiens, prends ça, crotte de bique ! » hurle Constantin à Edgar.

–Attends que je t'attrape, crapule ! » répond celui-ci.

Timothée soupire. Ses cousins ne sont pas méchants, mais il les trouve un peu brutaux, parfois. Ils n'aiment ni lire ni dessiner. Ils s'ennuient dès que l'agitation cesse et ne peuvent se concentrer plus de deux minutes sur une même activité. Aller contempler le mouvement des carpes dans l'étang ou écouter le chant des oiseaux leur semble bête. Il faut dire qu'ils vivent tous dans les environs et qu'ils se voient souvent. En plus, la nature ne leur semble pas un cadeau extraordinaire. Ils n'entendent pas l'herbe pousser et ne savent pas que, sous l'écorce des arbres, par exemple, il existe tout un monde. Les seules fois où ils profitent de la nature, c'est quand ils jouent à s'envoyer des limaces dans la figure.

Timothée est le seul à vivre dans une grande ville. Il vit dans un petit espace, par rapport aux autres, et il a l'habitude de plier et de ranger ses affaires. Ses cousins se sont étalés sur chaque centimètre carré. Des chaussettes sont accrochées aux poutres, des culottes pendent du plafonnier, les pantalons et les jupes sont étalés par terre et sur les draps. Des peluches de toutes les couleurs peuplent les lits et des jouets jonchent le sol, prêts à se coincer entre les orteils des moins attentifs.

Les plus petits cousins s'étonnent de sa couleur de peau et de l'épaisseur de ses cheveux, différentes des leurs. Et puis, le voir coller son oreille aux troncs d'arbres et au sol, parfois, ça n'aide pas. En somme, au milieu de ses cousins, Timothée fait figure d'extraterrestre.

Pendant qu'il se résigne à suivre ses cousins au jardin pour se lancer dans une partie de chat endiablée, M. Pacap et Mamie Cathy discutent sur le banc de pierre devant la maison.

« Alors ? demande Mamie Cathy. Comment va sa diction ?

– Pas tellement mieux. Pourtant…

– Pourtant ?

– Il a tenu à s'inscrire à un concours national d'éloquence. »

Mamie Cathy lève la tête et ouvre grand ses yeux.

« Un concours d'éloquence ? Timothée ? Lui qui est intimidé par ses propres cousins ?

– Étonnant, en effet... Je ne sais pas non plus ce qui lui a pris. J'ai hésité à lui donner mon accord, de peur qu'il ne soit encore plus traumatisé, surtout s'il échoue aux premières sélections. S'il oublie son texte, comme chaque fois, si les autres se moquent de lui, si...

– Si, si, si... s'agace Mamie Cathy. Et si tout se passait bien ? Et il ne va pas échouer, de toute façon. Il n'y a pas d'échec, quand on tente quelque chose de nouveau. Le fait de vouloir participer, c'est déjà une victoire ! Depuis sa naissance, sa mère et toi suivez les indications de l'orthophoniste. Il vous a mis en tête que Timothée était plus fragile qu'un autre, qu'il serait victime de racisme, que tout le monde se moquerait de lui toute sa vie s'il se faisait trop remarquer. Laissez-le respirer, cet enfant ! C'est justement en le rendant méfiant que vous allez le pousser à se renfermer.

–Oui, mais l'orthophoniste nous a bien dit que, pour faire disparaître ce bégaiement, il fallait que Timothée se sente comme tout le monde. Il a tellement insisté... Et sa mère et moi avons tellement peur que Timothée ne puisse jamais bien s'exprimer.

–Mais ce n'est pas une malédiction, de bégayer ! À cause de ce soi-disant spécialiste, vous passez votre temps à dire à Timothée qu'il est normal, qu'il est comme tout le monde ! Tout ça parce qu'il est timide et qu'il ne parle pas bien en public. Mais c'est faux ! Oui, Timothée est comme tous mes petits-enfants : il est extraordinaire ! Il est gentil, intelligent et curieux. Mais il bégaie, aussi ! Et peu d'enfants ont la même couleur de peau que lui dans son école. Si on le regarde, tant mieux.

Et alors ? Il faut être fier de ses différences ! Regarde-moi ! »

En disant cela, Mamie Cathy tape avec sa canne sur sa jambe de bois et ça fait un grand paf !

« Tu crois que j'ai honte de ma jambe ? Pas du tout, mon p'tit bonhomme ! Elle fait de moi une personne unique. Il faut être heureux d'être différent, car alors, il est plus facile de montrer ses qualités. Et il ne faut pas non plus l'encourager à penser que les autres sont racistes ou méchants ! Les gens ont le droit d'être curieux et de poser des questions. C'est bien, d'être curieux, c'est comme ça qu'on apprend des choses, dans la vie.

– Oui, mais c'est difficile, pour lui, ces questions qui reviennent trop souvent, concernant ses origines, sa nationalité, sa culture, son alimentation. Il déteste se faire remarquer. »

D'un revers de main accompagné d'un petit sifflement moqueur, Mamie Cathy balaie les propos de son fils.

« Qu'est-ce que ça peut faire, qu'on lui demande ça ? Bientôt, il se rendra compte que, dans la vie, il est plus agréable d'être remarqué que de passer inaperçu. Bientôt, il voudra montrer ce dont il est capable, et il en étonnera plus d'un. Seulement, pour cela, il faut le laisser s'épanouir. Il est assez fort pour se défendre. Crois-moi, mon petit, je sais de quoi je parle. J'ai élevé quatre enfants, et vous n'étiez pas tous très dégourdis, au départ ! »

Elle se lève et fait signe aux enfants de s'installer à la table du jardin, sous les pommiers. Elle disparaît dans la cuisine et en ressort avec une gigantesque tarte aux myrtilles et un pot de crème fraîche. Avant de s'asseoir, les plus grands enfants l'entourent pour s'assurer qu'elle ne tombe pas. Mais Mamie Cathy a l'habitude de porter de grands plateaux. Malgré son boitillement et sa canne, elle pourrait porter un canapé à elle toute seule. Sa jambe de bois fascine les enfants, persuadés qu'elle a eu un accident en se battant contre un lion ou un *tyrannosaurus rex*.

Ils sautent autour d'elle, la salive à la bouche, rejoignent les plus petits dans un grand vacarme. Timothée tente encore de se placer du côté des adultes, mais, l'air de rien, Mamie Cathy s'arrange pour qu'il se retrouve au milieu de ses cousins. Pendant que ceux-ci chahutent, échangent des plaisanteries et se poussent du coude, Timothée reste calme, un petit sourire aux lèvres en regardant les assiettes passer sous son nez. Une fois servis, adultes et enfants se jettent sur la tarte et observent quelques secondes de silence qui en disent plus que des compliments. Puis, Célestine, la petite voisine dont Timothée vient de faire la connaissance, rompt la trêve.

« Dis, Timothée ? crie-t-elle, une myrtille collée au coin de la bouche. Tu as une drôle de couleur. Tu viens d'où ? »

M. Pacap se fige. Il est sur le point d'intervenir, mais Mamie Cathy prend la parole à sa place.

« Qu'est-ce que tu veux dire par "une drôle de couleur", Célestine ? demande-t-elle avec douceur à la petite fille.

– Je veux dire que Timothée, on dirait un caramel, répond la voisine avec un gentil sourire à Timothée. Alors que nous, on ressemble à des méduses. »

Mamie Cathy lance un regard à M. Pacap d'un air de dire : « Tu vois ? Il n'y a pas de quoi fouetter un chat ».

Toujours est-il que Timothée, caramel ou pas caramel, se retrouve au centre de l'attention et que la tablée, adultes et enfants, le fixe, en attente d'une réponse.

« Euh… fait-il, le feu au visage. Je vvviens de, euh… de Ppparis.

– Mais non ! réplique la petite voisine. Moi, j'ai des copains de Paris, ils ne ressemblent pas du tout à des caramels. Ils ressemblent aussi à des méduses. Si ton papa aussi ressemble à une méduse, c'est que ta maman ressemble à un chocolat, non ? »

Timothée rit. C'est vrai que sa mère a une peau couleur chocolat.

« Euh… Eh bien, oui. Oui, euh… elle ressemble à un chch-chocolat.

– Elle doit être drôlement belle, ta maman », ajoute la petite fille.

Cette fois-ci, c'est à son tour de rougir.

Le soir, après le dîner, dans le grenier, les enfants sont plus calmes. Les voisins, Célestine et son frère, sont rentrés chez eux. Les cousins sont en pyjama. Ils se sont douchés et brossé les dents. En tout cas, c'est ce qu'ils ont dit à leurs parents. Certains sont sous les draps, mais d'autres n'ont pas envie de dormir et cherchent quelle activité rigolote ils pourraient lancer sans trop se faire remarquer des adultes. Dormir, c'est pour les bébés, selon eux. Il faut s'amuser jusqu'à ce que les adultes montent et se fâchent.

Timothée n'attend qu'une chose, c'est de pouvoir retrouver son livre. Il n'a aucune envie de participer à un jeu de société ni de se lancer dans une partie de chat. Il fait semblant d'être très fatigué et bâille en s'enfonçant dans son lit. Espérant que ses huit cousins et cousines oublieront sa présence, il ouvre discrètement son livre.

« Qu'est-ce que tu lis, Timothée ? » lui demande Edgar de sa grosse voix, en venant s'asseoir en tailleur au pied de son lit.

Et voilà, c'est fichu, soupire Timothée intérieurement. On ne peut pas le laisser en paix deux minutes.

Edgar a presque le même âge que lui et que Célia, et, parce qu'il n'a peur de rien, joue le rôle du chef de bande.

« Oui, c'est vrai, qu'est-ce que tu lis ? demande à son tour Nils, le petit frère d'Edgar, qui, à cinq ans, est toujours prêt à suivre son frère.

– Moi, je sais pas lire ! affirme Hannah, quatre ans. Mais j'aime bien qu'on me raconte des histoires.

– Moi aussi ! ajoute sa grande sœur, Célia.

– Moi aussi, moi aussi ! s'écrient Constantin et Élisabeth, les jumeaux, qui ont huit ans.

Lou et Billie, six et huit ans, applaudissent également.

– C'est super, ça ! dit Edgar, comme s'il venait d'avoir une idée de génie. Toi, Timothée, tu aimes lire et tu es le seul. Nous, on aime les histoires. Tu n'as qu'à nous raconter une histoire ! »

Timothée est bien embêté. Il aurait aimé se plonger dans le silence et vivre l'aventure seul, immergé avec les personnages. Il attendait ce moment pour changer de monde, pour voyager loin, pour s'évader. Et puis, quelle idée de lui demander à lui, précisément ? Qu'espèrent-ils, en le regardant, tous, le visage appuyé sur les mains, avec la concentration cruelle d'un chat devant une souris ? Mais, s'il peut ainsi éviter une partie de cartes ou une interminable session de devinettes… Et puis, l'odeur fraîche de la pluie de forêt qui émane de son bracelet le détend. Il décide de se passer du livre. Il a tellement lu qu'il y a toujours plein d'histoires qui se déroulent dans sa tête, et il en a une parfaite pour ses petits cousins. Il prend une grande inspiration, puis regarde chacun des enfants dans les yeux. Il prend un air mystérieux et, en chuchotant, leur ordonne d'approcher.

« Chuuut ! intime-t-il. C'est une légende tttrès ancienne. Il ne faut pas qu'elle sssorte de cette pièce…

–Han ! fait Hannah en se pelotonnant contre sa sœur.

–Il était une fois un vvvieil homme, un très vvvieil homme, commence alors Timothée sur le ton du secret. Il marchait avec une cccanne et portait une casquette de mmmarin rongée par les vents et par le sel de la mmmer. Sa vvvareuse aussi portait les marques du temps et de l'usure. Il avait une jambe de bois qui faisait *toc*, *toc* quand il parcourait le pont de son bateau.

–Comme Mamie Cathy ! » s'écrie Célia.

Timothée hoche la tête et reprend son récit :

« Il fumait la pppipe et parlait peu. Il n'aimait pas la cccompagnie des zo-zhommes et passait le plus clair de son tttemps sur sa barque, perdu dans les fffflots, au large… »

Dans le grenier, pas un bruit. Les cousins forment un cercle autour de Timothée et boivent ses paroles. Il ne leur viendrait pas à l'idée de l'interrompre, même lorsque le sens d'un mot leur échappe. Ils vivent l'histoire jusque dans leurs membres, envoûtés par sa voix. Ils ont l'impression d'y être. Ils luttent contre les vagues, en pleine tempête, ils sentent la gifle des rafales de pluie contre leurs joues, contre leurs cuisses, les muscles contractés par la pensée de l'eau glacée qui les entoure. Ils se serrent les uns contre les autres, attendant chaque phrase avec impatience, avec fièvre. L'attaque de la baleine les surprend.

« Han ! » fait encore Hannah, les cheveux dressés sur la tête.

Et ils sursautent de surprise, pour se recroqueviller de nouveau, tremblotant ensemble, sous la couverture qu'Edgar est allé chercher pour tout le monde. Le combat entre le vieil homme et l'animal est terrible. Les cousins ont peur, ils ont froid, ils se sentent seuls face aux éléments déchaînés et à la pénombre qui avale la petite barque fragile.

À la fin, quand Timothée se tait, ils sont épuisés. Ils vont se glisser dans leurs lits respectifs et, en marmonnant un faible « merci, Timothée », s'endorment en quelques secondes.

« Timothée ? fait Hannah en pointant le bout de son nez hors de la couverture.

– Oui ?

– C'est vrai que tu parles aux oiseaux et aux crapauds ?

– Oui.

– Tu m'apprendras ?

– Oui. »

La petite disparaît sous la couverture.

Timothée reste éveillé, lui. Assis en tailleur sur son lit, il se rend compte qu'il vient de raconter une histoire. Sans s'arrêter, sans rien oublier, presque sans bafouiller. Il sourit.

Dans l'entrebâillement de la porte, Mamie Cathy et le père de Timothée, qui ont espionné la fin du récit, échangent un regard complice.

« Tu vois ? » lui fait Mamie Cathy d'un air blasé.

Le lendemain matin, Timothée se sent différent. Il n'est pas plus enjoué que la veille, ou que lors des vacances d'été, à l'idée de participer à des jeux de société avec ses cousins. Il aspire toujours au calme et à la seule compagnie de ses livres. Mais, pour la première fois, il se dit qu'il a le droit d'être comme il est. Le plaisir qu'il tire de la solitude et du chant des oiseaux ne fait pas de lui une personne si bizarre que ça.

« C'est vrai, après tout, se dit-il. Si je suis ainsi, qu'est-ce que ça peut faire ? »

Les jours suivants, ses cousins l'invitent à se joindre à eux. Parfois il accepte, parfois non. Il s'accorde la possibilité de s'isoler au bord de l'étang, avec un livre sur les légendes de Normandie pour mieux comprendre le langage des créatures qui peuplent les mares, les champs et les creux, dans les falaises de craie. Les plus petits lui demandent parfois de traduire ce que disent les animaux, et il leur explique de bon cœur.

« Tu vvvois, quand il chante co-comme ça, explique-t-il quand il a envie d'avoir la paix, c'est ppparce qu'il a besoin de sssilence. »

Il ne regarde plus avec méfiance par-dessus son épaule, au cas où on viendrait le déranger. À table, il rougit moins quand on lui demande ses impressions ou son opinion. Si les autres rient, il comprend qu'ils ne se moquent pas forcément de lui. Et le soir, il retrouve le prestige du conteur. Grâce aux récits qu'il mène avec de plus en plus de maîtrise, il est celui qui accompagne les autres dans le sommeil. Il apporte l'apaisement après la tempête de la journée.

Il devient le chouchou du groupe.

Quand il retourne à l'école, le jour de la rentrée, la maîtresse lui demande :

« Alors, Timothée, tu as réfléchi ?

– Oui, madame, répond-il. Je veux m'inscrire au concours. »

7
LES MOTS QUI BLESSENT

La maîtresse a demandé aux élèves de réviser le cours des fleuves de France. Quand elle les interroge, elle remarque immédiatement que l'attitude de Timothée a changé. Habituellement, les jours d'interrogation, bien qu'il apprenne sérieusement ses leçons, Timothée a tendance à se ratatiner sur son siège et à voûter les épaules pour se faire le plus discret possible – et ça l'énerve, Timothée, parce qu'il aimerait montrer à la maîtresse, qui est la femme de sa vie, à quel point il prend à cœur les exercices qu'elle leur demande. Mais pas aujourd'hui. Aujourd'hui, le petit garçon se tient droit et ne fait pas semblant d'examiner les mailles de son pull, le regard fuyant.

« Boris ? demande la maîtresse en convoquant le garçon au tableau. Que peux-tu nous dire du Rhin ? »

Boris se lève en faisant une grimace très drôle, son grand nez au vent, qui laisse supposer qu'il n'a rien révisé du tout.

« Alors, le Rhin, c'est un fleuve trèèèèès long, entame-t-il pourtant avec assurance. Très trèèèèès long ! »

Il y a encore quelques semaines, Timothée aurait regardé son copain avec envie. Pas parce qu'il ne sait jamais ses leçons, mais parce que ça ne le perturbe pas de ne pas les connaître. Ne rien savoir et ne pas s'en cacher, c'est un don extraordinaire.

« Bon, je vois que tu n'as pas été très inspiré par les fleuves, observe la maîtresse. Retourne à ta place. Marie ? »

Marie s'avance entre les tables et, pour la première fois, Timothée remarque qu'elle a un tic. Parfois, elle se gratte le cou comme un chien qui a des puces. On dirait qu'elle est anxieuse. Il l'a déjà vue faire ce geste, un jour où elle leur avait volé des gâteaux. Là, elle se gratte une fois, deux fois. Voilà qu'elle le refait !

« Connais-tu le nom du plus petit fleuve de France, Marie ? » demande la maîtresse.

Cela, Timothée le sait mieux que personne. C'est la Veules, qui se trouve en Normandie. Elle coule juste à côté de chez Mamie Cathy. Mais Marie ne le sait pas. Elle rougit et se gratte le cou, encore. Elle qui a toujours l'air si sûre d'elle ! se dit Timothée, perplexe. Comment a-t-il pu passer à côté de cette faille ? Lui qui la croyait insensible aux regards des autres la voit d'un autre œil, maintenant. Ce n'est pas sa faute, si elle est si grande et si elle a des pieds immenses. C'est même un avantage, pour certains sports.

« Alors ? Quelqu'un peut aider Marie ? »

Timothée lève la main.

« C'est la Vvveules, maîtresse, répond-il calmement. Elle fait mille-cent-qu-quarante-neuf kkkilomètres de long. »

Son pouls n'a pas accéléré, comme cela arrive habituellement lorsqu'il parle devant plus de trois personnes. Il n'a pas rougi et surtout… il a à peine bafouillé !

« Cependant… ajoute-t-il sans même s'en rendre compte. Que dire des cours d'eau qui coulent dans les îles des Ca-caraïbes ? Il y en a de plus petits que la Vvveules, encore, et ils se jettent dans l'océan. Alors ce sont aussi des fffleuves, non ?

–Non, Timothée, un fleuve est un cours d'eau IMPORTANT qui se jette dans la mer ou l'océan. Dans les îles, ce sont des rivières. »

La réponse satisfait l'enfant quelques instants. Il hoche la tête, puis il fronce les sourcils, se pince le menton et finit par lever le doigt de nouveau.

« Mais à partir de com-combien de kkkilomètres peut-on dire qu'un cou-cours d'eau est important ? »

La maîtresse regarde Timothée avec une lueur de stupeur dans les yeux. Elle ne reconnaît pas le petit garçon effacé, timide et bégayant qu'elle a vu arriver à la rentrée de septembre.

« Eh bien, il faut bien différencier les petits cours d'eau insignifiants et les grands. On considère qu'ils sont importants à partir d'un certain nombre de kilomètres.

– Mmmais…

– Quoi, encore ? »

Cette fois-ci, le ton un peu sec de la maîtresse réfrène la curiosité de Timothée. Les battements de son cœur accélèrent et la chaleur lui monte au visage. Il avait presque oublié la sensation désagréable qui le saisissait quand il se trouvait au centre de l'attention. Et son amour-propre d'homme amoureux est un peu froissé. Il trouve qu'elle n'est pas très aimable, aujourd'hui, la maîtresse. D'ailleurs, les fleurs dans ses cheveux sont fermées.

« Qui-qui décide de ccce qui est imppportant ou pppas ? » murmure-t-il tout de même en rentrant les épaules.

Elle ne sait pas quoi répondre. Les pétales de ses fleurs rougissent et s'élargissent. Elles sont un peu agacées. Marie vient la tirer de ce mauvais pas.

« Je peux retourner à ma place, maîtresse ? demande la fillette.

– Tu es toujours là, toi ? Oui, évidemment, tu ne vas pas rester plantée là toute la journée ! »

À la récréation, le groupe d'amis est assis sur une margelle de pierre, près du grand marronnier de la cour. Julia ne se tient plus aussi près de Boris et se rapproche de Timothée, qui ne s'en rend pas du tout compte. Marie, elle aussi, approche, avec toutefois plus de discrétion. La pointe de ses grands pieds s'arrête à quelques centimètres de ceux de Timothée, qui sent remonter dans ses narines l'odeur de cage à hamster.

« Pourquoi tu nous casses les pieds avec tes fleuves des Caraïbes ? dit-elle avec un mouvement du menton, comme un cheval qui se cabre. La leçon, c'était les fleuves de France.

C'est la France, les Caraïbes, peut-être ? Et ton père, il est pirate ? Et ta mère ?... »

Elle lance un regard mauvais à ses petites copines aux rires de hyène, derrière elle, le temps de trouver une bonne insulte.

« Et ta mère, elle est sorcière ? »

Julia étouffe un rire de souris dans sa main. Elle trouve la question de Marie stupide, mais elle a peur d'elle et n'ose le lui dire frontalement. Boris a envie de répondre, mais il laisse la main à son copain. Il fait mine de se désintéresser du conflit et examine d'un œil expert les billes qu'il extrait du fond de sa poche. Timothée n'a plus besoin de lui pour se défendre. En effet, il sent la douce odeur de son bracelet lui chatouiller le nez. Il se sent bien, il se sent fort. Il s'élance, comme dans une course.

« Marie, commence-t-il en tentant de dompter les pulsations de son cœur, on m'a toujours dddit que les gens désagréables étaient dddes gens tristes ou bbbêtes. Ou les dddeux.

– N'importe quoi ! » proteste Marie, comme si elle venait d'avoir la meilleure répartie du monde.

Si elle avait été plus attentive, elle aurait évité le piège tendu par Timothée. Elle se serait désintéressée de la question. Elle lui aurait dit qu'elle n'en savait rien, qu'elle n'était ni bête ni triste. Mais elle n'est pas habituée à discuter. Elle n'a pas de véritable ami et ne dispose que d'un langage pour se faire remarquer.

Boris est toujours concentré sur ses billes. Julia, assise sur un banc, les mains sous les cuisses, balance ses jambes et pose ses yeux aux longs cils tour à tour sur Timothée et sur Marie. Timothée est étonné. Il ne pensait pas qu'il était si facile de mener une conversation. Il observe sa camarade et lui laisse quelques secondes pour réfléchir à une autre stratégie. Mais elle reste là, debout devant lui, et marmonne quelques vannes avec ses copines, la main devant la bouche.

« N'importe qu-quoi ? demande finalement Timothée. Tu veux dire que tttoi, si tu es mm-méchante, ce n'est ni parce que tu es tttriste, ni parce que tu es bbbête ? Mais alors… pourquoi es-tu dddésagréable ? »

Marie le dévisage. Elle se rend compte qu'elle a un temps de retard. Elle se gratte le cou comme si elle avait des puces.

« Je ne suis pas désagréable ! » ne peut-elle s'empêcher de crier.

Boris lève la tête de sa collection de billes et regarde Julia, qui regarde Timothée, qui hoche la tête d'un air décidé.

« Nous sommes ddd'accord, non ? leur demande-t-il. Marie est dddésagréable ?

– Oh oui ! » répondent-ils en chœur.

Ils ne sont pas les seuls à le penser. Les deux copines de Marie ont approuvé.

« Quoi ? fait Marie, vexée. Mais non, je ne suis pas désagréable ! C'est juste que je te trouve moche, la Bafouille, avec tes gros cheveux. Et tu as l'air idiot, quand tu vas au tableau et que tu bégaies ! »

La bande de Timothée et la bande de Marie sont traversées par la même idée.

« C'est tttrès dddésagréable, ce que tu dd-dis », répond Timothée, les mains ouvertes en signe de démonstration.

Tout le monde éclate de rire.

« En plus, toi aussi, tu es nulle, au tableau ! » ajoute une copine de Marie.

Contre toute attente, Marie, la terreur de la classe, cette grande tige aux longs pieds, avec sa masse de cheveux roux, ses taches de rousseur et ses yeux noisette, se met à pleurer. Avant que Timothée comprenne ce qu'il a fait, elle s'éloigne en se grattant le cou, le nez dans le creux de sa manche pour essuyer discrètement ses larmes.

« Eh bien, lui fait Boris. Tu as drôlement changé, toi. »

Timothée ne répond pas. Il regarde Marie s'éloigner et hésite à la rattraper. Elle va s'asseoir plus loin, toute seule. Tandis qu'il hésite encore, il aperçoit une petite touffe de poils gris au creux de l'épaule de Marie. Elle se gratte encore. Il pourrait jurer avoir vu un museau dépasser du col de son tee-shirt.

« Vous avez vu ça ? demande-t-il à Boris et à Julia.

– Vu quoi ? » fait Boris.

Timothée regarde de nouveau vers Marie, mais il n'y a plus rien de bizarre, dans l'image qu'il voit. Juste une petite fille triste et seule, avec de grands yeux noisette pleins de larmes. Il a dû rêver.

En revanche, il n'a aucun doute quant à la réalité de ce qu'il a fait : il vient de blesser une camarade. Il ne voulait pas lui faire de peine, mais il s'est laissé emporter par l'euphorie des mots. Il espère que la maîtresse ne l'a pas entendu. Il se tourne discrètement vers le préau.

« Oh, noooooon », pense-t-il, penaud.

Elle se tient là, les bras croisés, les fleurs toutes recroquevillées dans ses cheveux.

8
À L'ATTAQUE !

« Tu es sûr de vouloir faire ça ? demande Boris, la main sur l'épaule de Timothée, avec l'air impliqué d'un entraîneur. Je croyais que tu détestais les sports d'équipe.

– En fait, je n'en sssais rrrien, répond Timothée. Je n'ai jammmais essayé.

– C'est pas vrai !? Mais alors, si ça se trouve, tu vas adorer ! »

En tenue de sport, les deux amis se rendent au terrain de basket. Boris, sûr de lui et d'humeur combative, dribble avec son ballon sans même y penser. Timothée est tendu. Ce simple geste lui semble très technique. Il lui faudrait au moins cent mille ans, à lui, pour arriver à faire une chose pareille. Plus ils approchent, plus il se demande ce qu'il est venu faire dans cette galère. Pourquoi n'est-il pas resté chez lui avec ses livres et ses crayons de couleur ?

Du terrain leur parviennent des cris, des bruits de coups, de piétinement, des protestations, des percussions sourdes contre le panneau, le cliquètement des chaînes métalliques du filet. On croirait un affrontement de titans. S'il n'y a pas des tas de morts, il doit y avoir, au moins, des blessés. Le chahut déplaît fortement à Timothée qui, soudain, regrette de ne pas connaître les gestes de premiers secours. Boris se réjouit, au contraire, et presse le pas. Derrière le grillage, un match se dispute avec fureur entre deux équipes. Ils sont cinq de part et d'autre, des garçons et quelques filles, déchaînés, hurlant et suant, courant et sautant, tous mus par une rage digne d'un tournoi de la NBA.

« Salut, les gars ! On a un nouveau joueur. Il s'appelle Timothée. »

Deux joueurs échangent entre eux des signes rapides, dont le sens échappe à Timothée. Il lui faut plusieurs secondes pour comprendre qu'ils ont décidé de laisser la place aux nouveaux arrivants. Sur ce, Boris, qui se tient à côté de son ami, retire son pull d'un geste pressé et rejoint l'équipe aux tee-shirts bleus. Immédiatement transformé en guerrier, il laisse Timothée planté là, les bras le long du corps, immobile à l'entrée du terrain, et aussi mou qu'une ficelle. Il déteste attendre qu'on le désigne pour intégrer une équipe. Il se sent seul, tel un fruit un peu pourri, recouvert de petits champignons bleus et moussus, que personne ne va choisir, sur un étal de primeurs. En plus, il se rend compte qu'il ne connaît pas les règles du jeu. Boris ne lui a rien expliqué. Il est plus vulnérable que jamais. Il va mourir, c'est sûr. Si ce n'est sous les coups, ce sera de honte. Cette fois, vraiment, il faudra déménager.

« Allez, viens avec nous, Timothée ! » lui fait une fille de l'équipe rouge.

Avant qu'il ait le temps de comprendre ce qu'il se passe, le ballon s'élève dans les airs et retombe entre les mains de Boris. Celui-ci se met à courir, passe à un copain qui dribble et passe. L'autre joueur, près du panier, saute. Il a une détente incroyable. Il tire, il marque. Les bleus crient de joie et applaudissent. Les autres pestent, le visage au sol, les mains sur les hanches.

« Allez, allez ! » fait un joueur rouge en tapant dans ses mains.

Celui-ci réceptionne le ballon, court et dribble, le passe à Timothée… qui n'est pas prêt et le reçoit dans le ventre. Comme il n'a pas un seul muscle, il se plie en deux, plus de surprise que de douleur, et le ballon passe à l'autre équipe.

« Dis donc, le basané ! fait une voix derrière lui. T'as deux mains gauches, ou quoi ? »

Timothée devient écarlate et se fige un instant. Le mot le choque. Et il n'aime vraiment pas les sports d'équipe. Il préférerait faire du saut à l'élastique sans élastique, tiens. Quoique, non, peut-être pas. Mais il se sent gauche et il a l'impression que le monde entier le remarque. Il va être la risée des deux équipes et sera, à tout jamais, celui qui porte la poisse, celui avec qui plus personne ne veut jouer, l'objet de toutes les moqueries : « C'est normal qu'on ait perdu, on avait Timothée dans l'équipe ! ». Il sera toujours le kiwi trop mou dont personne ne veut, au marché. Combien ça dure, un match de basket, d'ailleurs ? Ça doit faire trois jours qu'il est là, non ? Le temps est interminable et chaque seconde lui fait sentir qu'il n'est pas fait pour jouer au basket. Il se retourne pour voir qui l'a interpellé.

« Ça va, je plaisante, lui dit le fautif en lui adressant un clin d'œil. C'est toujours difficile, au début, t'en fais pas. »

Il fait partie de son équipe. Et si Timothée est basané, que dire de lui, alors ? Il a la peau couleur charbon. D'ailleurs, il ressemble à Michael Jordan, mais avec des yeux en amande.

Le ballon revient près de Timothée. Il le saisit au vol, dribble maladroitement sur quelques pas, puis s'arrête, ne sachant à qui le passer.

« *Porter !* Y a *porter !* hurle Boris.

Le traître, se dit Timothée. Son copain n'est plus son copain, c'est un adversaire pour qui plus rien n'existe en dehors du jeu. Les bleus reprennent le ballon. Dribble, passe, saut. Point.

Timothée se replace. Il profite de ce que les ennemis ne se méfient pas de lui pour se rapprocher de la zone de tir. Le garçon noir lui passe le ballon. Timothée dribble sur deux pas. Il est sous le panier. Mais il n'a jamais tiré. Il a peur d'être ridicule. Et puis, c'est drôlement haut, en fait. Ce n'est pas du tout comme sur les vidéos qu'il a vues sur Internet, où il semble si facile de marquer. Qui a conçu un truc pareil ?

« *Trois secondes !* fait Boris. À nous !

– Euh, qu-quoi ? s'insurge Timothée alors que son copain lui reprend le ballon sans prendre la peine de lui expliquer.

– Tu as trois secondes pour tirer, quand tu es dans la zone », lui souffle la fille qui l'a fait entrer dans l'équipe.

Le ballon passe, passe, et repasse. Boris réceptionne et tire. Point pour les bleus.

La fille en rouge court, dribble et passe à Timothée.

« *Marcher!* dénonce Boris. Y a *marcher!* À nous ! »

Timothée s'arrête net dans son élan. Boris commence sérieusement à l'agacer.

L'action repart. Timothée se place devant Boris et le contre. Il reprend le ballon, le passe à la fille. Elle dribble jusqu'au milieu du terrain, le passe à un grand blond. Celui-ci tire et marque.

« Bravo ! » lui font les membres de son équipe en lui tapant dans la main.

Il n'en revient pas.

Il réceptionne de nouveau le ballon, avance loin vers le panier et passe à une petite brune un peu boulotte. C'est étonnant, se dit-il en constatant à quel point elle est à l'aise sur le terrain, malgré ses grosses jambes. Ça n'a pas dû être facile, pour elle, de s'imposer parmi les joueurs.

« Là, là, sur Timothée ! » lui souffle un joueur alors qu'elle cherche à faire une passe.

Timothée saisit le ballon et repère un rouge près de la zone. Il passe. Son camarade marque.

Puis la brune réceptionne une nouvelle passe de Timothée et, avec une détente étonnante pour une si petite personne, saute vers le panier. Elle marque.

Ça n'a pas suffi pour rattraper le score des bleus. Mais quelle importance ? Ils ont tout donné et ils ont sauvé l'honneur.

« C'était chouette, non ? demande le blond à Timothée en retournant vers les bancs à la fin du match.

– C'est la première fois que tu jouais ? interroge le Noir.

–Tu reviens quand?» s'informe la brune.

Comme il ne répond pas, aussi heureux qu'incrédule face à son adoption immédiate par l'équipe, elle reprend:

«Tu sais, la première fois que je suis venue jouer, je tremblais comme une feuille. Je ne connaissais personne et, vu mes petites jambes, personne ne voulait de moi. D'ailleurs, j'étais vraiment nulle. Mais au bout de quelques semaines, ça allait mieux. Il faut bien commencer, non?»

Sur le chemin du retour, Boris continue à dribbler avec facilité. Un sourire de triomphe illumine son visage. Il a remporté deux victoires, aujourd'hui. D'abord, son équipe a gagné le match. Mais ça, il s'y attendait. Le plus réjouissant, c'est qu'il a convaincu son copain que, pendant un match, on se fiche bien de savoir qui bégaie ou qui sent des pieds.

« N'empêche, lui dit Timothée avec un reste de rancune, t'as été bien lourdingue, sur le ttterrain.

– C'était fait exprès, patate ! réplique Boris. C'était pour te donner la rage du combat ! Résultat : tu t'es éclaté !

– Mouais… C'est surtout gggrâce à mon bracelet mmmagique, répond Timothée. Sans ça, je n'aurais jjjamais osé mettre un pppied sur le ttterrain. »

Boris jette un œil aux poignets de Timothée.

« Quel bracelet ? »

C'est vrai ça, quel bracelet ? Bouche bée, Timothée regarde ses poignets, nus, puis fouille ses poches. Elles sont vides. Il scrute le trottoir, effrayé à l'idée d'avoir perdu le porte-bonheur de sa mère et de se voir dépourvu du pouvoir magique qui était en train de lui changer la vie.

« Il doit être chez toi, dit Boris tranquillement. Tu ne le portais pas à l'aller.

– Tu es sssûr ?

– Absolument. »

En effet, la première chose qu'aperçoit Timothée en entrant dans sa chambre, c'est son bracelet, gentiment posé sur son atlas.

Mais alors, cela signifie-t-il qu'il agit à distance ? se demande le garçon. Qu'il peut faire ce qu'il veut, le porte-bonheur le protégera en toute circonstance ?

Ce soir-là, Timothée s'endort plus rapidement que les autres soirs, écrasé par l'effort et l'émotion de la journée, et bercé aussi par le parfum de forêt qui se dégage de son bracelet magique.

9
PREMIÈRE SÉLECTION

Timothée avale ses céréales à toute vitesse.

« Tu es pressé d'aller à l'école ? lui demande son père en croquant dans sa vingt-huitième biscotte. C'est nouveau, ça. Pourtant, c'est bien aujourd'hui que les participants au concours se présentent ?

– Oui ! répond Timothée avec enthousiasme.

– Et tu n'as pas peur ?

– Si, un pppeu. Mais c'est normal, nnnon ?

– C'est parfaitement normal, Timoun ! » affirme M. Pacap en appuyant son poing sur la table.

Son regard s'attarde sur le bracelet de son fils.

« Tiens, ça aussi, c'est nouveau. Et cette odeur… fait-il en se penchant sur le poignet de Timothée. Je la connais… On dirait… Qu'est-ce que c'est ? Ah, laisse-moi deviner… Attends, attends…

– Il faut qu-que j'y aille ! » lance Timothée avec précipitation.

Il se lève et nettoie son bol sous le regard amusé de M. Pacap. Il enfile ses chaussures et son manteau, saisit son sac à dos, embrasse son père et file.

« Salut, P'pa ! »

Sur le chemin, il s'étonne de ne pas sentir le trac s'emparer de lui, sensation qui l'a accompagné chaque fois qu'une épreuve l'attendait. Où est-elle, cette sensation ? se demande-t-il alors qu'il marche d'un bon pas, entraîné par la curiosité.

PREMIÈRE SÉLECTION

Le gymnase de l'école a été réaménagé en salle de spectacle. Une estrade, encadrée de lourds rideaux rouges qui rappellent une scène de théâtre, fait face à une vingtaine de rangées de chaises. Un micro sur pied est posé au milieu, éclairé par un projecteur.

« Intimidant, n'est-ce pas ? lui dit Boris, bras croisés au pied de l'estrade, en le voyant arriver. Tu veux toujours faire ce concours débile ?

– Euh… oui. »

La voilà, la sensation de gorge serrée, elle revient. Il avait oublié à quel point elle était désagréable. Il a les mains moites et la bouche sèche. Son pouls accélère à mesure que la salle se remplit. Son cœur remonte le long de sa gorge et s'y coince, prenant toute la place. C'est peut-être le scorbut ? Alors, il peut demander à se faire évacuer.

Le concours n'est ouvert qu'aux élèves de CM2, mais, pour les entraîner à s'exprimer devant un public, tous les élèves sont invités à assister aux sessions et à voter pour le représentant de l'école. Les CP sont agités, ils ne se rendent pas compte de l'enjeu. Les CM1 se montrent admiratifs. Les autres, entre les deux, pouffent et gloussent. Des parents d'élèves sont également présents. Certains sont installés, les bras croisés, impatients et aussi sceptiques que s'ils assistaient à la représentation d'un cirque amateur. D'autres au contraire trépignent et guettent le moment où leur génial rejeton montera sur scène. Il ne manquerait plus que son père soit là, se dit Timothée, lui qui ne pourrait pas s'empêcher de se ronger les ongles, et ça serait affreusement stressant à voir. C'est pour cela qu'il a préféré ne pas lui dire que les parents pouvaient assister à cette première sélection.

« Il fait chaud, nnnon ? demande-t-il à Boris, qui est en train de siffloter en jetant un œil à sa montre.

– Ah bon, tu trouves ? Bof... Mais où est Julia ? »

Au pied de l'estrade, un peu cachés du public, les deux garçons examinent chaque recoin de la salle à la recherche de leur amie.

« J'y crois pas ! fait Boris en pointant son doigt vers le premier rang de spectateurs. Elle est là, tranquille, à nous regarder. Elle s'est débinée ! La traîtresse, elle nous a laissés tomber ! »

Julia leur sourit et lève les mains en signe d'excuse. Ses yeux se plissent jusqu'aux oreilles.

« Tiens, regarde qui voilà », fait alors Boris avec sarcasme.

Marie arrive dans la salle, recroquevillée derrière sa mère. Elle pose un regard craintif sur l'estrade, le micro, les sièges, et on dirait qu'un frisson de terreur lui parcourt le corps.

« Dis donc, tu as vu comment elle est habillée ? s'exclame Boris. Elle se croit au château de Versailles ou quoi ? »

Marie, qui porte toujours un jean et des baskets, est en effet affublée d'une robe rose bonbon aux jupons bouffants et aux manches recouvertes de paillettes. Ses cheveux roux, généralement ébouriffés en crinière, sont rassemblés en une sage natte qui laisse son visage dégagé. Ainsi habillée, elle semble beaucoup moins grande que d'habitude, et ses pieds aussi ont l'air normaux. Elle se gratte le cou discrètement, mais le geste n'échappe pas à Timothée.

« Je ne savais pppas qu'elle avait cette tétête, en vvvrai, commente Timothée, surpris de la trouver presque agréable à regarder.

– T'as vu sa mère !? »

La mère de Marie est une grande femme toute maigre. Les os saillants de son visage et son maquillage appuyé font penser aux sorcières qui mangent des chenilles et des crottes de pigeon. Elle porte, serré contre sa poitrine, un sac à main qui semble fait en peau de bébé koala, tellement il a l'air doux. Quand elle sourit, les coins de ses lèvres pointent vers le sol. C'est l'inverse, d'habitude. Voyant sa fille se gratter, elle lui tape la main et la pousse d'un geste sec, avant de s'installer à la dernière rangée.

Mais Timothée ne s'intéresse pas à la mère. Il a les yeux rivés sur Marie qui, il doit l'avouer, l'attendrit. Ses grands yeux noisette, que toute assurance a quittés, la font ressembler à un animal fragile. Ils n'expriment plus que la solitude et la sensibilité. Tandis qu'il se fait ces réflexions, Marie remarque leur présence et se précipite vers eux. L'odeur de hamster est toujours là, mais elle n'est pas si désagréable, finalement.

« Salut, les copains », dit-elle.

Boris ne répond pas. Les yeux mi-clos, il prend l'air blasé d'un empereur romain avant un combat de gladiateurs.

« Sssalut, Marie », répond Timothée, incapable d'entretenir la moindre rancœur en des circonstances aussi difficiles.

Boris hausse les sourcils, déçu de la faiblesse de son ami, et fait semblant d'avoir quelque chose de plus important à faire, deux mètres plus loin. Les grands yeux noisette de Marie s'agrandissent encore et plongent dans ceux de Timothée en signe de gratitude. Elle ne louche pas tellement, en fait.

« Tu n'es pas trop stressé ? lui demande-t-elle.

– Si, bbbien sûr. Mais c'est normal. À part Boris, tou-tout le monde est ssstressé. Et tt-toi ?

– Moi, je suis terrorisée, avoue Marie en baissant la tête. Je ne voulais pas m'inscrire, en fait. Je disais ça pour t'embêter. Mais ma mère m'y a obligée. Je n'ai qu'une envie, c'est de rentrer chez moi.

– Vraiment ? Dis-tttoi qu'il n'y a rien de plus fffacile.

– Ah bon ?

– Bbbien sûr : attends quelques mmminutes, puis ce sera ttton tttour. Tu montes sur l'estrade, tu bbbafouilles un peu, tu fffais ta timide, et hop, tu redddescends. Et c'est fffini, tu es élimmminée et tu rrrentres chez toi.

– C'est vrai, après tout. »

Le directeur de l'école monte sur scène. Un silence de glace accompagne ses gestes. Selon une légende tenace, les élèves qui croisent son regard redoublent systématiquement. On dit que c'est ce qui est arrivé à Marie. Tous le craignent. Il tapote le micro et annonce le premier élève.

Un garçon à lunettes rondes monte sur l'estrade en prenant soin de tourner le dos au directeur. Il porte un tee-shirt noir *Star Wars*. Son nez pointu et ses dents en avant lui donnent une tête de musaraigne. Conformément à l'exercice demandé, il se présente

– Simon, neuf ans et demi – et expose ensuite ses motivations.

« Ma passion, dans la vie, ce sont les camions. J'ai toujours été fasciné par l'idée de pouvoir rouler vite. Si j'en ai la chance, plus tard, j'aimerais devenir pompier, ou pilote de course… »

Il parle d'un ton monotone qui endort l'audience. Quelques ronflements se font entendre. Boris, qui est toujours deux pas plus loin, les bras croisés, lève les yeux au ciel.

« Quel ennui, ce mec, dit-il. On se marre plus en cours d'histoire, c'est dire. »

Puis c'est à Marie de passer. On voit qu'elle n'a aucune envie d'y aller. La lumière crue du projecteur rend sa peau aussi blanche que de la mie de pain. Elle aussi se place de manière à ne pas regarder le directeur. Si jamais elle croise son regard, elle sera obligée de faire un troisième CM2. Cette idée la terrifie encore plus.

« Bonjour… Je suis Marie… J'ai onze ans. J'ai un an de plus que certains parce que j'ai redoublé. Je… je fais le concours parce que… parce que j'aime bien les défis. »

Dans le public, sa mère l'observe avec agacement. Avec une pointe de mécontentement, même. Elle lâche un instant son précieux sac à main pour faire signe à Marie d'accélérer le rythme.

« Et pourquoi penses-tu que l'école devrait te choisir en tant que représentante ? » demande le directeur en approchant de la fillette.

Marie se décale pour éviter de croiser son regard et fixe le visage de Timothée.

« Parce que je… Je ne sais pas. Je suis sérieuse et je… »

Sa phrase reste suspendue en l'air. On dirait qu'elle n'a pas l'intention de la terminer. Allez, Marie, courage ! se dit Timothée, qui commence à être gêné pour elle. Puis il tourne la tête et comprend. La mère de Marie l'imite, en se grattant le cou de ses ongles vernis et pointus. Elle secoue la tête, exaspérée par la piètre prestation de sa fille, sans comprendre que sans elle, les choses se passeraient beaucoup mieux. Puis elle sort son téléphone de son sac en peau de bébé koala et se désintéresse de ce qu'il se passe sur l'estrade. Timothée tourne de nouveau la tête vers Marie. Soudain, il se pétrifie. Cette fois, il en est sûr, il a vu un museau sortir du col de sa camarade.

« Qu'est-ce que c'est que ça ? » interroge-t-il tout haut.

Il plisse les yeux et se concentre. De nouveau, un museau pointu et quelques poils de moustache s'agitent sous le tissu de la robe de Marie. On dirait une petite souris. Marie se gratte le cou et le museau disparaît.

« Tu as vu ? demande-t-il à Boris.

– Vu quoi ?

– Le museau, dans le cou de Marie.

– Quoi ? » fait distraitement Boris, les bras croisés.

Sur l'estrade, Marie est très mal à l'aise.

« Et je… ? interroge le directeur en se frottant les mains.

– Et je donnerai une bonne image de l'école », abrège la fillette, dépitée.

Elle descend les quelques marches, pressée de s'éloigner du directeur et gênée par sa grosse robe rose.

« Voilà, je me suis ridiculisée, marmonne-t-elle en rejoignant Timothée.

– C'est ce que tu voulais, non ? dit-il en tentant de prendre un ton léger, sans quitter des yeux le cou de sa camarade. Maintenant, cette histoire de concours est derrière toi. »

Il lève la main vers son col, sur le point de la questionner au sujet de la petite bestiole qu'il a vue, mais Marie hausse les épaules et retourne s'asseoir. Juste au moment où elle s'éloigne, il se rend compte qu'elle ne sent pas seulement le hamster. Elle sent surtout la cannelle.

Sur l'estrade, c'est au tour de Boris de se présenter.

« Bonjour, je m'appelle Boris et j'ai dix ans, annonce-t-il avec une décontraction qui agace le directeur. J'ai choisi de participer à ce concours parce que j'aime la langue française. Et aussi parce que mon copain Timothée s'est inscrit. »

Cette phrase amuse beaucoup l'assistance. Du milieu de la première rangée, Julia lui fait un signe de la main ; des petits cœurs jaillissent de ses yeux et vont se perdre dans la lumière du projecteur.

« Et pourquoi devrions-nous te choisir comme représentant de l'école plutôt qu'un autre ? demande le directeur d'une voix aiguë.

– Attendez, quoi ? » dit Boris, soudain contrarié.

Il a failli se tourner vers le directeur, par réflexe. Mais il s'est rappelé au dernier moment qu'il ne fallait absolument pas faire ça, sous peine de tomber sous le coup de la malédiction du redoublement.

« Comment ça, "quoi" ? fait le directeur, qui n'a pas l'habitude qu'on lui parle de cette façon.

– Eh bien "quoi", comme dans "comment ça" ? » s'indigne Boris en s'efforçant de ne pas le regarder.

Dans l'audience, les enfants retiennent leur souffle. Boris est de profil et ses épaules pivotent vers le directeur contre son gré. Il résiste de toutes ses forces.

« Il n'y a qu'un seul représentant par école ? demande-t-il encore. Vous voulez dire que je ne pourrai pas être élu avec mon copain ?

– Malheureusement, non, mon petit, répond le directeur sèchement. Le règlement impose que chaque école élise un seul représentant. »

Il s'approche sournoisement de l'enfant pour l'inciter à le regarder. Mais Boris résiste toujours, le regard résolument tourné vers les spectateurs.

« Très bien. Dans ce cas, voyez-vous, je ne suis pas la personne la plus indiquée pour la mission. »

Les adultes, croyant à une prestation théâtrale, sont hilares. Ce n'est pourtant pas drôle, se dit Timothée, puisque c'est vrai. Son copain est en train de se retirer de la course.

« Accueillons maintenant Timothée ! » siffle le directeur entre ses dents de carnassier.

Timothée inspire une grande bouffée de parfum de la forêt à son poignet et grimpe énergiquement sur l'estrade.

« À toi de jouer, lui souffle Boris en le croisant.

– Bonjour, je m'appppelle Timothée et j'ai dddix ans », amorce le garçon d'une voix posée, malgré le doublement de certains sons.

Le plus dur est fait, se dit-il.

« Je suis sans dddoute le garçon le plus tttimide du mmmonde. »

Dans la salle, on n'entend pas un bruit. Timothée a réussi à captiver le public. Les spectateurs ne l'écoutent pas seulement parce que c'est un rendez-vous programmé par l'école, ni parce qu'il est toujours mignon d'entendre un enfant faire un discours, même si ce qu'il dit n'a aucun intérêt. Non, ils l'écoutent parce qu'il a su forcer leur attention.

« Ce que je fffais aujourd'hui, j'aurais été incccapable de le fffaire il y a trois semaines. M'adresser à un pppublic était une torture, dont la sssimple idée m'empêchait de dddormir. Pourtant, tttout seul, j'ai décidé de mmm'inscrire. Je ne le fais pas que pour mmmoi, mais pour tous les enfants qui ont pppeur de s'exprimer. Je veux leur ppprouver que, si je peux le fffaire, tout le mmmonde peut le fffaire. Parce que je suis comme tttout le mmmonde, et que comme tout le mmmonde, je mérite qu'on me laisse ma ch-chance. »

Sur ce, il lève la tête vers le directeur pour signifier qu'il a terminé. Surpris par cet affront, l'adulte imposant a un mouvement de recul.

« Haaaaannnn, fait Marie depuis son siège. Il a osé regarder le directeur dans les yeux ! »

Le directeur se rend compte que l'enfant n'est pas terrorisé comme il devrait l'être et fronce les sourcils pour l'intimider. Mais ça ne fonctionne pas. Après les épreuves que Timothée vient de traverser, ce n'est pas un bonhomme comme lui qui va lui faire peur. La colère du directeur se traduit par l'apparition de petites plaques rouges sur son crâne lisse. Sa réputation s'est fissurée.

L'audience applaudit, cette fois avec conviction, et même, avec gratitude.

En descendant de l'estrade, Timothée est accueilli par Boris.

« T'es fou, toi ! s'exclame son copain. Tu as regardé le directeur dans les yeux ! Vite, vite, touche du bois pour conjurer le sort !

– Ah bon, j'ai fait ça, moi ? » demande Timothée, qui n'a pas fait exprès de braver la malédiction.

Il avait autre chose en tête. Sur l'indication de Boris, il touche distraitement le bois de l'estrade du bout des doigts. Il est contrarié.

« Tu as vu la bestiole, dans le cou de Marie ? demande-t-il à son copain.

– Quoi ? Qu'est-ce que tu racontes ? lui fait Boris.

– Je t'assure ! Elle a une petite bête sur elle, une souris ou un truc comme ça. Si ça se trouve, c'est la souris qui sent le hamster, pas Marie. Marie, elle sent la cannelle.

– Mouarf, n'importe quoi », fait Boris en levant les yeux au ciel.

Timothée scrute la salle pour apercevoir Marie et essayer de repérer la bestiole. Mais elle est déjà partie. En revanche, à sa grande surprise, il remarque que son père est dans la salle, au bout de la dernière rangée.

10

INTERLUDE TÉLÉPHONIQUE

« Je crois que notre fils nous cache des choses », chuchote M. Pacap au téléphone.

Je rêve ! se dit Timothée en écoutant les paroles de son père. Si quelqu'un peut se plaindre qu'on lui cache des choses, c'est bien lui. L'histoire qu'ils lui ont racontée pour justifier le départ de sa mère ne tient pas debout. Mais il a beau poser des questions et espionner son père, il ne parvient pas à découvrir la vérité. Il ne lui reste que l'espoir que celui-ci se trahisse au téléphone.

Il s'étonne que les adultes soient aussi naïfs et maladroits. Ils ont beau savoir que l'ouïe des enfants est beaucoup plus développée que la leur, lorsqu'ils doivent parler de quelque chose de secret, ils se contentent de parler un peu plus bas, dans la pièce à côté, en mettant la main devant leur bouche. C'est inutile. Timothée entendrait une aiguille tomber sur le canapé.

« Figure-toi qu'il a gagné le concours ! Bon, en tout cas, la première étape. Mais enfin, qui aurait pu imaginer cela ? Tu l'aurais vu, sur scène, aussi à l'aise que s'il était né un micro à la main. Vraiment, ce petit a de la ressource. Je me demande ce qu'il s'est passé pour qu'il se transforme ainsi… Tu as une idée, toi ? Il t'a parlé de quelque chose en particulier ?

–Non, non, rien du tout », fait la mère de Timothée, sur l'écran.

De son poste d'observation, il pourrait jurer qu'elle est encore devant un chaudron avec une cuillère géante.

« Étonnant », répond son père.

Allongé sur le canapé la tête à l'envers, comme d'habitude, M. Pacap balance ses pieds dans le vide, par-dessus le dossier, et jette en l'air des bonbons qu'il tente de rattraper avec sa bouche. Il n'est pas très doué et il y en a plein, éparpillés tout autour de lui, sur le tapis et sur le canapé.

« Je crois que nous le connaissons mal. Il fait tout pour brouiller les pistes. Parfois même, il ment, pour nous rassurer. Pour nous faire croire qu'il est comme tous les garçons de son âge. Par exemple, quand il dit qu'il va chez un copain, c'est faux. Je l'ai suivi plusieurs fois. Devine où il se rend ? Au musée ! Il y va comme un grand, un carnet sous le bras, il se pose devant un tableau ou une sculpture, et il dessine.

– Il va tout seul au musée ? s'alarme Mme Pacap en arrêtant soudain de touiller dans son chaudron.

– Oui, enfin ne t'inquiète pas, dit M. Pacap, c'est dans la rue d'à côté.

– Hmm… fait Mme Pacap, pas très rassurée.

– Parfois, quand j'entre dans sa chambre, je le surprends en train d'écouter de la musique classique sur Internet. Alors il change tout de suite de page et il fait semblant de regarder des dessins animés. Il essaie de me faire croire qu'il lit des livres remplis d'images, mais sous son oreiller, il y a souvent un dictionnaire ou un atlas très compliqué. »

Il est donc au courant, j'aurais dû me montrer plus prudent, se dit Timothée.

« Il me dit qu'il adore la télévision, comme tout le monde, mais quand je lui demande ce qu'il pense de tel ou tel animateur stupide, il ne voit pas de qui je parle... En fait, il ne regarde jamais la télévision. Tu as déjà vu ça, toi, pour un môme de son âge ?

– Drôle de petit garçon, n'est-ce pas ? »

Timothée regagne sa chambre à petits pas de velours, sur la pointe des pieds. Il allume sa lampe de chevet, et la lumière projette des motifs d'avions et de navettes spatiales au plafond. Sa mère lui a offert la lampe en lui expliquant que c'étaient des avions guadeloupéens et que, bien sûr, ils ressemblaient à tous les avions. Il ne l'a pas vraiment crue, mais il a fait semblant, pour lui faire plaisir.

Ah, là là ! qu'ils sont rigolos, quand même, papa et maman, se dit-il.

Il saisit son atlas, se cale contre son oreiller et se plonge dans l'aventure. Il est heureux.

Comme il sent bon, son bracelet !

11
UNE VIRÉE ENTRE HOMMES

« Ça alors... », n'arrête pas de dire M. Pacap, quelques jours plus tard, l'air toujours aussi interloqué.

Il le répète devant son fils, il le dit au téléphone à Mamie Cathy, et à Mme Pacap. Il le murmure quand il est seul.

« Ça alors, dit-il encore ce samedi matin. Tu as été élu représentant de ton école pour le concours régional d'éloquence ! »

Pour récompenser son fils, il a prévu de l'emmener partout où celui-ci le souhaitait.

« C'est ta journée, lui dit-il. Tu as carte blanche.

– Si on allait au mmmusée ? s'enthousiasme Timothée.

– Au musée ? Ah, moui, pourquoi pas… Je pensais plutôt faire un peu de shopping. »

L'idée du shopping n'était pas venue à l'esprit de Timothée, mais elle semble faire si plaisir à son père qu'il le suit volontiers.

Ce sera l'occasion de lui jouer un petit tour.

Il est en effet bien décidé à lui montrer à quel point il est bizarre d'être normal.

Dans un magasin de vêtements, il essaie plusieurs chemises, sous l'œil professionnel du vendeur. Ce dernier lui propose des modèles rouges, roses, orange, des modèles rayés, des modèles à pois, à carreaux, à fleurs, des motifs marins, champêtres ou galactiques. M. Pacap hoche la tête, prêt à accepter n'importe quel choix.

« Vous n'auriez pppas une chemise bb-blanche, plutôt ? » demande Timothée au vendeur, qui hausse les épaules avec dépit.

Il choisit un pantalon noir et des chaussures noires, discrètes.

À la librairie, on lui conseille plusieurs livres.

« Je l'ai déjà lllu… souffle-t-il en essayant de ne pas se faire entendre de son père. Celui-ci aussssi. Oui, celui-là aussssi. »

Et quand le libraire lui demande ce qui l'intéresse, il dit bien fort, pour que son père l'entende :

« Oh, vous savez, mmmoi, je ne cherche rien d'autre qu'un livre pppour les enfants de mm-mon âge. »

Chez le coiffeur, où ils sont installés côte à côte, on lui demande ce qu'il souhaite.

« La coupe la plus ccclassique qui existe, sss'il vous plaît. »

Le coiffeur hésite.

« Tu es sûr ? demande-t-il au reflet de Timothée, dans le miroir qui leur fait face, et en fourrageant dans l'énorme touffe de ses cheveux. C'est dommage, tu as vraiment des cheveux extraordinaires.

– Oui, jjje suis sûr : je pppréfère le classique à l'extraordddinaire. »

Son père commence à percevoir la manigance. Il fait un signe discret au coiffeur pour lui demander de ne couper qu'un tout petit peu.

Une fois dehors, Timothée n'a pas tellement changé. Ses cheveux s'épanouissent toujours en corolle explosive au-dessus de son crâne. Ils montent juste un peu moins haut. Mais tant mieux, il se serait senti différent, si le coiffeur avait trop coupé. Différent de lui-même.

« Et si on allait voir un film, maintenant ? » demande M. Pacap alors qu'ils approchent d'une salle de cinéma.

Timothée examine attentivement les affiches.

« Mais il n'y a que des tttrucs pour adddultes.

– Tu veux dire qu'il n'y a pas de film pour les enfants de ton âge ? »

Timothée et son père se regardent très sérieusement puis, au bout de quelques secondes où ils se jaugent l'un l'autre, éclatent de rire.

« Ah, tu m'as bien eu, petite crapule ! lui dit M. Pacap en le prenant dans ses bras. Dire que, depuis ta plus tendre enfance, ta mère et moi avons essayé de te faire ressembler à tout le monde, alors que tu ne demandais qu'à être toi. Il ne faut pas nous en vouloir, Timoun, on craignait que tu n'arrives jamais à parler.

– Et pppourquoi ça ?

– Quand ta mère était adolescente, elle n'arrivait pas à se comporter comme ses camarades et elle a eu quelques problèmes. À cause de cela, elle a été rejetée par son entourage et elle a eu peur que tu souffres de la même façon.

– Quel gggenre de ppproblèmes ? »

M. Pacap hésite. Il ne sait pas mentir. Et il ne peut pas parler à la place de la mère de Timothée.

« Eh bien… Ta maman est différente, vois-tu. Elle est…

– Elle est noire ?

– Mais non. Enfin, si. Mais ça n'a pas d'importance, ça. Ce qui la rendait étrange aux yeux des autres, c'est qu'elle a des… capacités, disons.

– Tu veux dire des pppouvoirs magiques ? s'exclame Timothée en battant des mains.

– Hmm… Oui, si tu veux. Parfois, quand elle parle en public, elle transforme la réalité.

– Tu veux dire qu'elle mmment ?

– Non, pas du tout ! Je veux dire qu'elle peut faire apparaître les choses qu'elle évoque.

– C'est gggénial, ça !

– Pas toujours, fait M. Pacap en essayant de couper court à la conversation. En tout cas, quand tu as commencé à parler, elle a eu peur que tu aies les mêmes problèmes et que tu sois mis à l'écart. C'est pour ça qu'on te surveille. Sans doute avec trop d'attention, pour que tu ne sois jamais mis à l'écart. On a fait en sorte que tu sois comme les autres, pour que tu ne te sentes pas regardé avec curiosité, pour que tu ne te sentes pas jugé. On a sans doute fait des erreurs. Mais tu es plus fort qu'on ne le pensait.

– Je ne comprends pas tout ccce que tttu dis, se renfrogne Timothée. Quel rapport avec son départ, tout ça ?

– Eh bien… disons que ta mère avait besoin de se… ressourcer, répond M. Pacap évasivement. Bon, on n'a pas fait grand-chose pour un petit garçon de ton âge, finalement, ajoute-t-il en l'emmenant dans une autre direction. Allez, viens, je t'offre une glace. »

Devant la vitrine alléchante, pleine de couleurs acidulées, M. Pacap ne sait où donner de la tête. Crème de Schtroumpf et menthe, vermicelles et caramel, graines de framboise pétillante, tiramisu, Coca et œufs de chenille, cookies... Timothée n'hésite pas une seconde.

« Vanille-chocolat, s'il vous plaît. »

M. Pacap l'interroge du regard, et cette question muette – « Vraiment, des parfums aussi peu originaux ? » – amuse Timothée.

« Oui, vraiment, se défend-il. Ce sont mes parfums préférés. »

12
DEUXIÈME SÉLECTION

Aujourd'hui, l'enjeu est à prendre au sérieux. Il s'agit de représenter la région.

Dans la voiture, une forte odeur de forêt imprègne l'habitacle.

« Tu étais obligé de mettre autant de parfum ? » lui demande son père.

Ce n'est pas qu'il n'aime pas cette odeur. Mais elle le met dans une humeur un peu mélancolique. Il ne sait toujours pas ce qu'elle lui rappelle, mais elle lui semble très familière. Pendant que M. Pacap cherche une place près de la salle des fêtes, Boris se montre plus agité que son copain.

« Tu es un drôle de mec, quand même, lui dit-il. Dire qu'il y a quelques mois, tu mourais de trouille à l'idée de faire un exposé devant la classe.

– Oui, enfin, c'est ppplutôt que je n'aimais pppas trop ça », tempère Timothée, qui n'a pas l'impression d'avoir changé tant que ça, en descendant de la voiture.

Il est un peu vexé que son copain insiste sur ses faiblesses devant son père. Surtout, derrière une posture assurée, il sent monter en lui une vague d'angoisse.

« Ah non, je t'assure, enchérit Boris. Tu étais rouge, tu bégayais, tu tremblais, on aurait dit que tu allais tomber dans les pommes à chaque intervention ! »

Boris s'allonge sur le trottoir et fait mine d'être secoué par des spasmes.

« Aaaaaah, j'ai peur, crie-t-il, remuant bras et jambes dans le vide. Je dois, aaaaaah, je dois faire un exposé, j'ai peur ! »

Timothée croise les bras, énervé par son cinéma. M. Pacap retient un petit rire. Impossible d'arrêter Boris, et même s'il en fait un peu trop, il faut avouer qu'il joue bien la comédie. Au moins, pendant ce temps, Timothée ne pense pas à l'épreuve qui l'attend. Boris ne se relevant toujours pas, Timothée et son père se dirigent vers la salle où se déroule le concours.

« Quand tu auras terminé ton cirque, lui dit Timothée depuis le trottoir d'en face, tu nous rejoindras à l'intérieur. »

C'est seulement quand ils sont sur le point de passer la porte que Boris se relève et court vers eux.

« C'est vrai, tu étais dans cet état, avant, non ? demande-t-il encore, entre deux hoquets de rire.

– On peut pppasser à autre chose ? fait Timothée, dont le cœur remonte inexorablement vers sa gorge et lui bloque la respiration. Qu'est-ce que tu es lllourd, à la fin ! »

Dans la salle, l'ambiance est froide et silencieuse. Peut-être est-ce lié à l'endroit, très haut de plafond et parcouru d'un courant d'air polaire qui empêche les personnes présentes de retirer leurs manteaux et les petits candidats de se détendre. Des stalactites pendent des poutres de la charpente. Si certains grelottent, il est impossible de savoir si c'est à cause de l'appréhension ou de la température. En tout cas, l'ambiance de réfrigérateur déteint sur les enfants qui se regardent en chiens de faïence, déterminés à se détester alors qu'ils ne se connaissent pas.

Pour amuser Timothée et M. Pacap, Boris prend un air encore plus méchant, sourcils chiffonnés, bouche pincée, yeux plissés ; il marche avec méchanceté, il respire avec méchanceté, roule des épaules avec méchanceté et remonte le long des rangées de sièges avec méchanceté. On dirait un méchant incroyablement méchant dans un film de méchants. Il ausculte la salle comme un robot programmé pour éliminer ses ennemis.

« Tout va bien, Boris ? » demande M. Pacap en s'asseyant au premier rang, amusé par le jeu d'acteur excessif du garçon.

Boris hoche la tête d'un air encore plus méchant et s'assoit à son tour.

« Regarde-le, celui-là, chuchote un enfant assis derrière eux en désignant Timothée, qui est parti rejoindre le groupe des candidats. C'est quoi, ces gros cheveux ? Il se croit dans un film de super-héros ou quoi ?

– Si ça se trouve, il va se mettre à lancer des boules de feu et à voler dans toute la salle », répond son voisin en gloussant bêtement.

Boris se retourne. Son expression est toujours celle d'un cyborg exterminateur.

« Si tu ne te tais pas immédiatement, dit-il d'une voix monocorde et métallique, je vais dire aux organisateurs que tu as l'intention de monter sur scène pour faire une démonstration de claquettes. »

Durant un instant, les deux enfants font semblant de rire, pour faire croire qu'ils ne sont pas intimidés. Mais, finalement, ils se taisent et se tassent dans leurs fauteuils pour se faire oublier.

Quand Timothée monte sur scène, son père et Boris le trouvent crispé. Pourvu qu'il ne flanche pas, se disent-ils. Timothée avance vers le micro à petits pas, le visage vers le parquet. Au moment où il relève la tête, ses joues sont rouges.

« Euh… alors…, fait-il en se cramponnant au micro. *Holà ! vos quinze sssols !*… euh… *J'entre gggratis !*… euh… »

M. Pacap a un sourire résigné et hausse les épaules. Tant pis. Ce n'est pas grave, s'il échoue maintenant. Il a déjà fait des progrès phénoménaux. Il est allé beaucoup plus loin qu'on ne l'imaginait en début d'année. Alors, cela n'a aucune importance, si l'aventure s'arrête là. Il y en aura d'autres. Boris partage ses pensées et hoche la tête pour montrer que, quoi qu'il arrive, il sera toujours là pour soutenir son copain.

Mais là-bas, au micro, Timothée se redresse, les épaules souples, et se met à rire. Oui, il rit, d'un rire doux et humble, comme s'il se moquait de lui-même. La salle est perplexe. L'ambiance se réchauffe. Au plafond, les stalactites commencent à fondre et à goutter.

« Ça, c'était moi il y a ssseulement trois mm-mois, dit-il, alors que j'essayais de réciter *Cc-cyrano de Bbbergerac* devant ma classe. J'étais incapable d'aligner dddeux répppliques. Pourtant, je connais la pppièce par cœur ! Je vous ppprends à témoin… »

Il fait alors un pas en avant et se met à réciter la tirade du nez en ajustant chaque vers avec une précision chirurgicale. Il occupe la scène avec fougue et ses mains appuient chacun de ses mots. Il rougit, tout de même, après avoir buté sur un mot ou un autre. Mais il sourit et se reprend, assumant complètement sa façon de parler.

« Mais il ne s'agit pppas de s'imposer aux autres tttel qu'on est, sans plus vouloir cc-corriger ses défauts, continue Timothée. Si je mmme trouve devant vous aujourd'hui, ce nnn'est pas parce que, fffinalement, j'ai compris que jjj'étais génial et que je vvvoulais absolument vous le montrer... »

Il attend quelques secondes, le temps qu'une petite onde de bonne humeur parcourt la salle et lui mette du baume au cœur.

« Je suis comme tout le mmmonde. J'ai encore peur de ne pas être à la hauteur, souvvvent. De ne pas savoir mmmes leçons ou de dire des choses bbbêtes. J'ai peur d'être maladroit et de faire de la pppeine aux autres. Mais je suis là parce que je veux pppprogresser. J'aimerais devenir plus intelligent et ppplus gentil en grandissant, et je veux mmmériter ma place devant vous. »

Timothée se courbe et reçoit une chaleureuse ovation. Une fraction de seconde, il se prend pour Cyrano.

Quand il rejoint son père et Boris, une heure plus tard, il a été élu représentant de la région.

DEUXIÈME SÉLECTION

Voilà une nouvelle étape franchie.

« Alors, quoi de neuf, les grumeaux ? » fait Boris aux deux vilains garnements assis derrière lui.

Dans la voiture, il donne un coup de poing dans l'épaule de Timothée.

« Tu nous as bien eus. Cachottier, va ! En fait, tu t'en fiches, de bégayer ! T'as raison, j'ai l'impression que ça te donne un certain charme… »

13
LE CHOUCHOU DE LA CLASSE

À la récréation, comme cela arrive de plus en plus souvent, Marie retrouve le groupe de Timothée. Le sol tremble un peu sous ses pas, mais elle fait attention à ne pas faire sursauter les autres enfants.

« Tiens, dit-elle à Julia. Je t'avais piqué ça, un jour. »

Et elle lui tend une dizaine de billes, toutes plus belles les unes que les autres.

« Elles ne sont pas à moi, celles-ci, proteste Julia.

–Maintenant, si. Je te les donne. Moi, je les perds toujours. »

Julia marmonne un mini « merci », léger comme le pépiement d'un pinson. Elle tolère la présence de Marie parce qu'elle sait qu'il n'y a plus de bagarre à l'horizon. Mais il lui faut un peu de temps pour se faire à l'idée qu'elle doit partager ses deux amis avec elle. Elle est jalouse et reste méfiante. La physionomie de Marie s'adoucit en même temps que son caractère, et les deux garçons semblent avoir oublié à quel point elle terrorisait l'école, il y a peu.

« Si tu veux, je t'en apporterai d'autres, propose-t-elle.

–D'accord », dit Julia en essayant de rester distante.

Mais elle a envie d'être gentille, c'est dans sa nature. Et, quand un bout de museau sort du col du tee-shirt de Marie et que de longues moustaches noires se mettent à frétiller dans sa direction, elle pousse de grands cris de joie.

« Qu'est-ce que c'est ? » répète-t-elle.

Boris s'approche, son grand nez pointu à deux centimètres de l'animal.

« Qu'est-ce que c'est ? renchérit-il.

– Tu vois, je te l'avais dit ! dit Timothée, avant de demander, à son tour : Qu'est-ce que c'est ? »

Marie rougit. Elle se gratte le cou, là où les moustaches de la bête l'ont effleurée, et la fait descendre dans sa main. C'est un rongeur gris et gras, aux oreilles roses en forme de cornets de glace. Il a une grosse tête et des pattes riquiqui.

« C'est un chinchilla, dit Marie.

– C'est à cause de lui que tu te grattes tout le temps, alors ? demande Timothée. Parce qu'il te chatouille !

– Comment il s'appelle ? interroge Julia.

– C'est une fille. Elle s'appelle Tosca.

– Je peux la caresser ?

– Bien sûr. Tiens, tu peux même lui donner une cacahuète. »

En disant cela, Marie retire ses immenses chaussures, et les trois camarades découvrent, stupéfaits, qu'elles contiennent des sachets de cacahuètes.

« Haaaannnn ! fait Julia de sa voix adorable. C'est pour ça que tu as de si grandes chaussures ! Tu caches de la nourriture pour Tosca ! »

Les quatre amis éclatent de rire et puis se taisent, fascinés par la façon dont Tosca grignote sa cacahuète.

Ils se lancent ensuite dans une partie de billes effrénée. De temps à autre, ils jettent un œil sur le chinchilla, caché dans les cheveux de Marie, et croisent son regard futé.

À la fin, c'est Timothée qui s'est le plus renfloué. Il serre sa pochette avec fierté.

« Dis, Timothée, lui demande Marie. C'est où, les Caraïbes ? »

Timothée prend la question très au sérieux. Il sort un morceau de craie de sa poche, écarte Boris et Julia et se met à dessiner par terre. D'abord l'Amérique du Nord, puis l'Amérique du Sud. Puis il ajoute plein de petites crottes d'îles entre les deux continents.

« Voilà, les Ca-caraïbes, c'est là ! »

Ses trois amis, debout devant le dessin, hochent la tête d'un air concentré.

« C'est grand, commente Marie, le petit animal perché sur son épaule.
Et ta maman, elle vit où, exactement ? »

Timothée entoure une petite île qu'il a dessinée avec plus de soin que les autres.
Une île en forme de papillon.

« Elle habite sur cccette île : la-la Guaddde-loupe.

– Pourquoi elle est partie ? demande Julia d'un ton triste.

– Elle dit que mes grands-ppparents sont malades et qu'ils ont besoin ddd'elle, cette année. Mais je crois que c'est fffaux.

– Ah ?

– En vrai, je crois qu'elle fffait un stage de magie. Mais je ne suis pas sssûr. »

Ses amis hochent la tête avec concentration. Un stage de magie… C'est une hypothèse amusante, mais peu probable. Ils sont persuadés que Timothée se console comme il peut et qu'en vérité sa mère ne reviendra pas.

« C'est très différent de chez nous ? demande encore Boris.

– J'ai l'impression qu-que oui, répond Timothée. D'après ce que j'ai lllu.

– D'après ce que tu as lu ? s'étonne Marie. Tu n'y es jamais allé ?

– Non.

– Ça te plairait, d'y aller ?

– Oui, j'aimerais bbbeaucoup.

– Même s'il y a des sorcières ? plaisante Marie.

– Surtout s'il y a des sssorcières ! rit-il avant de lui demander : Et toi, tu viens ddd'où ? »

Marie hausse les épaules, l'air de dire que ça n'a aucune importance vu que c'est beaucoup moins exotique et que c'est une région sans intérêt.

« Mes parents viennent de Bretagne... »

Timothée éclate de rire et Marie prend un air vexé. Elle s'attendait à ce genre de réaction.

« Mais non, la console Timothée. Ce qui mmm'amuse, c'est que la Bbbretagne est une terre pleine de sssorcières et de géants ! C'est un pays mmmystérieux, qui regorge de légendes...

–Ah bon? s'étonnent en chœur les trois autres.

–Et la Corse? demande Julia.

–Et la Russie? demande Boris avec une certaine fierté.

–La Cccorse aussi, et la Russssie aussi, évidemment! leur assure Timothée. Chaque contrée a ses mmmythes. Il faut toutes les dd-découvrir!

–Alors, quand tu nous disais que la Guadeloupe, c'est pareil que la Normandie, c'était bidon? dit Boris.

–Bien sûr, que c'est bbbidon! Enfin, je crois... Il faudra que je vvvérifie, un jour. Il n'y a pas les mêmes habitudes, ni les mêmes pp-plats, ni les mêmes vêtements, ni les mêmes animaux, ni les mêmes arbres, ni les mêmes mmmonstres, ni les mêmes sortilèges! Mais je ne voulais pas avoir l'air de venir d'une île bbbizarre, avec des traditions sauvages et tout. J'avais pppeur que vous me preniez pour quelqu'un de différent.

– Mais tu es différent ! répliquent-ils d'une seule voix. Et nous, on est comme toi, on est différents ! »

La sonnerie retentit et la maîtresse leur fait signe de rentrer en classe. Timothée la fixe avec des yeux de merlan frit.

« C'est vrai qu'elle est jolie, la maîtresse, admet Marie.

– Oh oui ! s'emporte Timothée. Et ces fleurs, dans ses cheveux, qui respirent en même temps qu'elle !

– Quoi ? fait Marie.

– Des fleurs qui respirent ? » demande Julia.

Timothée fronce les sourcils.

« Vous n'avez jamais remarqué que les fleurs qu'elle porte expriment ses sentiments ? »

Les trois autres se consultent du regard, puis dévisagent Timothée comme s'il avait de la fièvre.

« Qu'est-ce que tu racontes ? s'inquiète Boris. Tu lis trop de contes de fées, mon pote ! »

Le chinchilla regarde Boris d'un air exaspéré et retourne se cacher dans le tee-shirt de Marie.

14
LA FINALE

La veille de la finale du concours, au moment de s'endormir, Timothée ressent à nouveau le trac, comme jamais. Une grosse boule dans le ventre l'empêche de mettre ses idées en ordre. La peur lui fait oublier tout ce qu'il a envie de dire, jusqu'à son prénom. Des milliers de visages et autant de paires d'yeux impatients tournent dans sa tête, déformés et disproportionnés. Des yeux immenses qui se rapprochent de lui et se transforment en bouches énormes, ouvertes sur des dents effilées, prêtes à laisser échapper un rire puissant, sans pitié, interminable. Il imagine une assemblée d'ogres féroces, guettant ses faux pas et ses cafouillages, ses maladresses et ses trop longues pauses, le doigt pointé vers lui. Au bout de leur index, une autre rangée de dents s'agite sur un rire encore plus irrépressible. Il voit les doigts s'allonger, s'allonger, et s'allonger encore, jusqu'à le toucher de leur raillerie pour le dévorer.

Non, ça ne va pas. Il sait qu'il n'arrivera pas à dormir avec ces affreuses images en tête. Il décide de téléphoner à sa mère.

« Mon chéri ? » répond-elle immédiatement, comme si elle l'avait vu composer le numéro.

Les lianes enserrent immédiatement Timothée et lui dispensent d'affectueuses caresses.

« Tu n'arrives pas à dormir ?

– Non, répond-il. J'ai pppeur, pour demain. Je ne suis plus très sûr de vvvouloir y aller.

– Je comprends. À ta place, je ne dormirais pas non plus. D'ailleurs, moi-même, je suis sûre de ne pas très bien dormir, cette nuit. Mais j'ai confiance en toi.

– Ah bon ? Tu n'as pas pppeur que je me ridiculise, qu'on me trouve bbbizarre, que je me renferme sur moi-même, que je ne veuille ppplus jamais parler aux gens et qu'on soit obligés de déménager en Bolivie ? »

Le rire cristallin de sa mère, au bout de la ligne, agit comme une pommade sur son petit cœur agité.

« Non, je vais oublier ma peur. Je ne vais pas dormir, ce soir, parce que j'ai hâte d'être à demain soir. J'ai hâte que tu m'appelles pour me raconter ta journée extraordinaire, la façon dont les autres enfants se sont comportés, ce qu'ils ont dit, la façon dont tu étais habillé, tes premiers mots sur la scène, les premiers applaudissements que tu as déclenchés, les rires du public et le regard attendri de ton père. Ce sera une journée fantastique. Avec tout ce suspense, comment veux-tu que je dorme, ce soir ?

– Hmm… Maman ?

– Oui, mon chéri ?

– Comment est-il fabriqué, ton ppporte-bonheur magique ? Je te le demande parce que… »

Il hésite à lui révéler qu'il lui arrive de l'oublier.

« Parce que ? l'encourage-t-elle.

– Parfois, j'oublie de le ppporter et… la magie opère quand mmmême. »

Encore ce petit rire limpide que Timothée aime tant.

« C'est normal, explique Mme Pacap. Le porte-bonheur agit une fois pour toutes. Que tu le portes ou pas, sa force agit. Mais si tu le portes, c'est encore mieux. Parce qu'il est joli, n'est-ce pas ?

–Oh oui ! » fait encore Timothée.

Après avoir embrassé sa mère mille trois cents fois, il parvient à s'endormir.

Au petit matin, son père présente un visage gris et fatigué. De son ton jovial, il s'efforce pourtant de dissimuler qu'il n'a pas dormi de la nuit. Mais il casse quarante-deux biscottes avant de parvenir à en beurrer une correctement.

« Papa, lui dit Timothée. Tu as mal boutonné ta chemise.

–Bien joué, Timoun ! Je voulais voir si tu étais attentif.

–Tu n'as pas dormi de la nuit ?

–Non. Toi non plus, j'imagine.

–Pas super bien. Mais sssuffisamment, je crois. »

C'est vrai que Timothée affiche une mine digne des journées passées à la mer. Il est vif et détendu, tandis que M. Pacap semble de plus en plus gagné par le stress au fil des étapes.

« Donc tu ne regrettes toujours pas de t'être lancé dans cette aventure ? Tu peux être franc, Timoun. Si tu ne veux pas y aller, je ne te forcerai pas. Même, je te comprendrai parfaitement. Si tu veux encore réfléchir et…

– Allez, vvviens, Papa, c'est l'heure ddd'y aller ! Et arrête de m'appeler Tttimoun ! »

Des centaines d'enfants sont rassemblés dans la salle de réception de l'hôtel de ville. Autour des jeunes candidats se tiennent les parents et les copains. Sur l'estrade est installée une petite équipe de télévision.

« C'est filmé, en plus ? demande M. Pacap en déglutissant bruyamment.

– Oui, Papa, dit Timothée, comme si c'était son père qui avait le plus besoin d'être rassuré.

Mais ce n'est pas grave. Ne t'inquiète pas, tous les ppparents sont dans le même état que tttoi. »

C'est vrai. Sourires crispés, sourcils froncés, les parents se rongent les ongles et consultent leurs montres toutes les trente secondes. Les pauvres. C'est une terrible épreuve, pour eux, et il n'y a personne pour les consoler. Timothée non plus n'est pas serein.

Il retrouve Boris, Marie et Julia. Sa maîtresse est là, aussi, trépignant de joie et d'impatience dans sa robe à pois jaunes, ses fleurs lumineuses dans les cheveux.

« Vous êtes très élégante, mmmaîtresse », ose Timothée en rougissant.

Elle rougit aussi. Des centaines de papillons fluorescents s'échappent de ses fleurs et voletent autour de Timothée pour lui donner du courage.

« Bon, alors, tu es prêt pour le combat champion ? demande Boris, qui n'a rien vu et qui préfère mimer un match de boxe. Tu vas tous les ridiculiser, je le sens !

– Je ne veux ridiculiser personne, répond sagement Timothée. J'espère qu'on va tous sss'amuser. J'ai un peu pppeur, mais maintenant je sais que les autres aussi ont pppeur.

– Oh, là là ! t'es pas drôle, proteste Boris. C'est pas parce que tu es devenu un orateur qu'on ne peut plus plaisanter. De toute façon, s'ils sont là, les autres, c'est qu'ils ne sont pas trop nuls non plus, t'en fais pas pour eux. »

Timothée hoche la tête avec gravité, comme si son ami venait de lui dire la chose la plus intelligente du monde. Il vient de lui donner une idée pour entamer sa présentation.

« Ça commence ! » annonce Marie.

Elle fait un pas vers Timothée et, sans que personne le voie, lui prend la main et la serre fort. Ils échangent un regard complice. Le chinchilla tourne autour du cou de Marie, encore et encore, et son plumeau chatouille la petite fille chaque fois qu'il lui passe sous le nez. Lui aussi trépigne d'impatience.

Les uns après les autres, les candidats recueillent des applaudissements chaleureux. Ils articulent tous distinctement, se présentent avec des formules similaires et essaient, sans vraiment s'en rendre compte, de copier le discours précédent. Après chaque prestation, les jurés jettent des balles de caoutchouc dans une boîte opaque au nom du candidat. Personne ne sait combien de boules récolte chaque enfant.

Quand le maire prononce le nom de Timothée, M. Pacap espère que son fils ne ressent pas la même chose que lui : mains moites, gorge sèche, cœur d'oiseau-mouche, envie de se trouver à mille lieues de cet endroit. Si Timothée se trouve dans cet état, il cache bien son jeu. Il lance un sourire à ses copains, à sa maîtresse et à son père, et monte tranquillement sur la scène, où le maire lui indique le micro.

« Chers amis et chers cccamarades –je dis camarades, car nous ne sssommes pas adversaires, aujourd'hui. Aujourd'hui, nous allons tttous gagner. Le vainqueur un peu ppplus que les autres, voilà tttout. Mais nous allons gagner en confiance. Nous avons tous vu arriver ce jour avec cccrainte, avec une certaine hâte, et avec étonnement. "Quoi, c'est dddéjà demain ?" nous sommes-nous tttous dit hier soir. »

Timothée écarte le micro et cherche du regard les autres enfants, au pied de l'estrade. Ils hochent la tête avec gratitude. Oui, ils sont tous dans le même état, pris dans un mélange d'excitation et d'inquiétude.

«Il y a un an, j'aurais pppréféré mourir que de me trouver sur cette estrade. Mes ppparents ne m'auraient pas laissé participer, d'ailleurs. Ils auraient eu pppeur que je meure de peur, ou qu'on se moque de moi et que je n'ose ppplus jamais parler.

» Comme je ne supportais pas le rrregard des autres, pour me protéger, ils m'ont incité à me rrrendre invisible, pour qu'on arrête de m'interroger sur mes zo-zorigines, qu'on arrête de me faire remarquer que je suis différent. Je les ai pris au pppied de la lettre et je me suis rendu insignifiant, moyen, normal. Tout gris et fade, comme un petit pppigeon. Et j'ai fini par croire que je n'avais rien de ppparticulier, que je n'avais rien à dire, rien d'intéressant à partager. J'ai cru que j'étais la pppersonne la plus anormalement normale du monde.

» Et c'était encore pppire ! s'anime Timothée. J'avais l'impression qu'on me parlait et qu'on ne me regardait que pppar charité. Je ne voulais pas faire pppitié, moi ! Je voulais vivre ma vie sans dissimuler mon caractère, mon ni-nhistoire, et mes goûts.

» Un jour, j'ai compris que le regard qu'on ppportait sur moi n'était pas malveillant. Un jour, je me suis dddit : peut-être qu'on me trouve bbbeau ! Et intelligent ! Et agréable ! Et drôle ! Peut-être que je ne suis pas comme tout le mmmonde ! Peut-être que ça n'existe pas, des gens comme tout le mmmonde !

» Alors j'ai commencé à grandir et à me redddresser. Et au lieu de ne m'intéresser qu'à mes problèmes, j'ai commencé à voir les zo-zautres. Et les autres, ils sont tous différents. Certains aiment se faire remarquer, d'autres pppréfèrent rester dans l'ombre. Certains veulent être les meilleurs, d'autres se contentent de ppparticiper.

» Finalement, ce que j'ai compris, c'est qu'on fait aussi ce qu'on pppeut avec ce qu'on a, dans la vie, et en étant qui on est. Et si j'ai voulu participer à ce concours, c'est parce que je voulais dire à tous les enfants du pppublic, ceux qui n'osent pas s'exprimer, que si je peux le fffaire, c'est que tout le monde peut le faire. En tout cas, ceux qui le vvveulent. Ppparce qu'on n'est pas obligé de vvvouloir parler en public tout le tttemps. On fait ce qu'on vvveut, finalement. »

Le premier applaudissement retentit. C'est Marie. Elle a les larmes aux yeux. Elle qui a perdu tant de temps à jouer les méchantes pour attirer l'attention se dit qu'elle peut enfin se libérer de cette image. Le chinchilla sautille sur son épaule.

Puis un autre applaudissement, et tout le public s'y met, et la salle résonne très fort, comme à l'époque où Marie frappait le sol de ses pieds. Les spectateurs se lèvent, émus et conquis, et continuent d'applaudir. On se croirait au Zénith[1] à la fin d'un concert. Ou à la remise du prix Nobel de la paix.

Sans surprise, le décompte des balles de caoutchouc reçues par chaque candidat donne la victoire à Timothée. Une nouvelle salve d'applaudissements salue la victoire du meilleur orateur junior de l'année.

En descendant de l'estrade, Timothée est accueilli par ses copains, impressionnés. Boris est un peu jaloux, mais il l'assume.

« Oui, bon, c'était pas mal, ton petit texte, lui dit-il, faussement blasé. Ça manquait un peu de blagues, mais c'était pas mal. Dire qu'en début

1. Salle de concert parisienne.

d'année, j'étais ton modèle. Maintenant, quoi ? Je suis juste un bon copain ?

– Mais non, Bbboris, tu es mon meilleur cc-copain ! répond Timothée en le prenant par l'épaule. Et puis, c'est grâce à toi si je me suis inscrit, parce que tu m'as accompagggné la première fois. »

Julia tape dans ses mains, et son rire rappelle le pépiement d'une mésange. La maîtresse dépose un baiser sur le front du garçon, toutes fleurs ouvertes. Au même instant, Marie l'embrasse aussi sur la joue. Sur son épaule, le chinchilla se cache derrière sa queue et émet un petit gloussement. À son grand étonnement, Timothée se rend compte que ce dernier baiser lui fait encore plus d'effet que celui de la maîtresse.

Il prend un air nonchalant pour lutter contre le bouleversement qui le guette. Il rejoint son père, qui se sent aussi fébrile que lui, les yeux humides et les lèvres serrées.

« Bravo, fiston, lui dit-il. Tu es beaucoup plus fort que je ne le pensais. »

Timothée est ému, mais il tient bon. Il serre les dents. Il ne veut pas pleurer tout de suite.

Au fond de la salle, il aperçoit une silhouette familière.

Il n'en croit pas ses yeux. La silhouette approche à petits pas doux et se dessine dans la lumière. Non, c'est impossible ! Elle ne peut pas être là. Elle est si loin ! Elle est censée se trouver de l'autre côté de l'océan. Mais si, c'est elle. C'est sa mère !

Quand elle l'enveloppe de son sourire gracieux et qu'il se perd dans son visage si harmonieux, quand elle plonge ses grands yeux noirs dans les siens et qu'elle le serre contre son cœur, la main dans ses cheveux, il ne peut plus se retenir. Il éclate en sanglots.

« Ah, voilà, plaisante son père, ému de la revoir, lui aussi. Tout allait bien jusque-là, et toi, tu nous le rends tout sensible !

– Tiens, d'abord, j'ai quelque chose pour toi, lui répond-elle en sortant une boîte de son sac. Ce sont des biscottes de Guadeloupe. »

M. Pacap saisit le paquet des deux mains, soudain affamé. Les biscottes ressemblent à n'importe quelles biscottes : rectangulaires et dorées.

« Vous pouvez arrêter, maintenant, dit Timothée à ses parents. Vous pouvez me dire que la Normandie, la Guadeloupe, ou la Bretagne, ou la Russie, ou même la Papouasie, c'est différent d'ici. Ce n'est pas grave. C'est même chouette, non ?

– Mon chéri, murmure sa mère en se penchant de nouveau sur son fils. Tu as réussi une très belle chose. Tu t'es libéré de tes peurs. Maintenant, tu vas pouvoir mener la vie que tu souhaites. »

Elle consulte du regard M. Pacap. Les deux adultes hochent la tête.

« Pour te féliciter, j'ai quelque chose à te proposer… poursuit-elle. Jusqu'à présent, je pensais que ce n'était pas une bonne idée, j'avais peur que tu sois perturbé par les différences, que tu ne saches plus où te situer… Moi non plus, je ne pensais pas que tu étais si fort. Veux-tu venir en Guadeloupe, cet été ? »

Timothée s'illumine comme une ampoule dans la nuit.

« Évidemment, que je veux ! »

Puis il semble frappé par la foudre.

« Mais !… C'était donc ça ! »

Il se colle de nouveau à sa mère et la hume de toutes ses forces.

« C'était ça, l'odeur de mon bracelet ! s'exclame-t-il. Le parfum de la ffforêt, c'est le tttien ! »

Sa mère ferme ses paupières très doucement, comme un chat, pour lui dire qu'il a tout compris. Puis elle se tourne avec un air d'excuse vers son père.

« Oui, mon chéri, dit-elle à Timothée. Mais c'est aussi le véritable parfum des chutes d'eau, au pied du volcan. Là où les fougères et les lianes s'emmêlent pour cacher les plus étranges créatures du monde. Et tu vas bientôt le constater toi-même.

– Maman ?

– Oui, Timoun ?

– Qu'est-ce que tu fais, là-bas, que tu ne peux pas faire ici ? »

Après avoir pris soin de vérifier que personne ne l'écoute, elle se penche et chuchote à l'oreille de son fils :

« Je fais un stage de magie. »

Les yeux plantés dans ceux de sa mère, Timothée pourrait jurer y voir danser une petite flamme bleue, qui fait penser à une fée des cascades.

LA TIRADE DU NEZ
DE CYRANO DE BERGERAC

Ah! non! c'est un peu court, jeune homme!
On pouvait dire... Oh! Dieu!... bien des choses
en somme...
En variant le ton, – par exemple, tenez:
Agressif: «Moi, monsieur, si j'avais un tel nez,
Il faudrait sur-le-champ que je me l'amputasse!»
Amical: «Mais il doit tremper dans votre tasse:
Pour boire, faites-vous fabriquer un hanap!»
Descriptif: «C'est un roc!... c'est un pic!... c'est un cap!
Que dis-je, c'est un cap?... C'est une péninsule!»
Curieux: «De quoi sert cette oblongue capsule?
D'écritoire, monsieur, ou de boîte à ciseaux?»
Gracieux: «Aimez-vous à ce point les oiseaux
Que paternellement vous vous préoccupâtes
De tendre ce perchoir à leurs petites pattes?»
Truculent: «Ça, monsieur, lorsque vous pétunez,
La vapeur du tabac vous sort-elle du nez
Sans qu'un voisin ne crie au feu de cheminée?»
Prévenant: «Gardez-vous, votre tête entraînée
Par ce poids, de tomber en avant sur le sol!»

Tendre: «Faites-lui faire un petit parasol
De peur que sa couleur au soleil ne se fane!»
Pédant: «L'animal seul, monsieur, qu'Aristophane
Appelle Hippocampelephantocamélos
Dut avoir sous le front tant de chair sur tant d'os!»
Cavalier: «Quoi, l'ami, ce croc est à la mode?
Pour pendre son chapeau, c'est vraiment très commode!»
Emphatique: «Aucun vent ne peut, nez magistral,
T'enrhumer tout entier, excepté le mistral!»
Dramatique: «C'est la mer Rouge quand il saigne!»
Admiratif: «Pour un parfumeur, quelle enseigne!»
Lyrique: «Est-ce une conque, êtes-vous un triton?»
Naïf: «Ce monument, quand le visite-t-on?»
Respectueux: «Souffrez, monsieur, qu'on vous salue,
C'est là ce qui s'appelle avoir pignon sur rue!»
Campagnard: «Hé, ardé! C'est-y un nez? Nanain!
C'est queuqu'navet géant ou ben queuqu'melon nain!»
Militaire: «Pointez contre cavalerie!»
Pratique: «Voulez-vous le mettre en loterie?
Assurément, monsieur, ce sera le gros lot!»
Enfin parodiant Pyrame en un sanglot:
«Le voilà donc ce nez qui des traits de son maître
A détruit l'harmonie! Il en rougit, le traître!»
– Voilà ce qu'à peu près, mon cher, vous m'auriez dit
Si vous aviez un peu de lettres et d'esprit:

Mais d'esprit, ô le plus lamentable des êtres,
Vous n'en eûtes jamais un atome, et de lettres
Vous n'avez que les trois qui forment le mot : sot !
Eussiez-vous eu, d'ailleurs, l'invention qu'il faut
Pour pouvoir là, devant ces nobles galeries,
Me servir toutes ces folles plaisanteries,
Que vous n'en eussiez pas articulé le quart
De la moitié du commencement d'une, car
Je me les sers moi-même, avec assez de verve,
Mais je ne permets pas qu'un autre me les serve.

Extrait de *Cyrano de Bergerac*,
d'Edmond Rostand (1897)

Conception graphique : Delphine Guéchot

Imprimé en Espagne par Black Print en mars 2021
Dépôt légal : mai 2021
Numéro d'édition : 24247 / 01
ISBN : 978-2-226-45726-4